北京：城與人

下冊

趙園　著

目次

「北京人」種種

一　北京人

　　據說關於北京，有三種空間範圍上的規定；本書所說的北京，指北京城區及關廂地區。近有劉紹棠提倡「北京鄉土文學」，《鄉土》[1]一集所收諸作，寫的多為北京郊區鄉村。原順天府所轄鄉村亦是「北京」，但京郊鄉村、京轄諸縣文化，不在本書所論範圍。大北京文化、北京地區（不限於城區）方言文化、北京地區城鄉文化的銜接等，都是有意義的課題，必能吸引研究者的興趣。

　　本書涉及的京味小說，如鄧友梅的作品，所寫空間範圍大致屬舊城區（即原東城、西城、崇文、宣武四區）。即使舊城區，如原先的北城、南城[2]，就盡有漸成土著的外鄉人。有明一代曾以江浙、山西等地富民實京師。明清兩代由於京城的消費需求（包括文化消費），有大批藝人、工匠（以江浙籍為多）、農民遷入。現在的老北京人中，有多少是這些移民的後代，誰又說得清楚！王安憶的《大劉莊》、《我的來歷》寫到上海人的根。被認為道地、正宗的上海人，未

1　《鄉土》（劉紹棠編），人民文學出版社1984年9月北京第1版。
2　《北京話初探》：「舊城區包括現在的四個區，即東城、西城、崇文、宣武四區。北京人還有一種習慣是把城區分為東城、西城、南城、北城四個部分。東城基本上是現在的東城區，西城基本上是現在的西城區，南城指外城，即今崇文和宣武兩區，北城則指現在的東西城鼓樓一線以北的地區」（第5頁）。

見得是在上海有根的；真有根的，是那小漁村漁民的後人。

　　由戶籍制度或能找出有關北京人的規定，在生活中更足作為證明的，不如說是其現實形象，其在實際生活中的姿態。這裏也適用文化尺度的衡量，不必非經戶口名簿的認可。林海音小傳，說「林海音出生於民國八年，原籍是臺灣。可是自幼隨父母到北平去，在那兒成長，接受教育，工作，結婚，所以她有濃厚的北平味兒，也因此有人說她：『比北平人還北平！』」[3] 既如此，就稱她「北平人」又何妨？

　　令人驚歎的，是北京文化的同化力。《正紅旗下》裏有一位出生膠東的老王掌櫃，「在他剛一入京的時候，對於旗人的服裝打扮，規矩禮節，以及說話的腔調，他都看不慣、聽不慣，甚至有些反感。他也看不上他們的逢節按令挑著樣兒吃，睖著也得吃的講究與作風，更看不上他們的提籠架鳥，飄飄欲仙地搖來晃去的神氣與姿態。可是，到了三十歲，他自己也玩上了百靈，而且和他們一交換養鳥的經驗，就能談半天兒，越談越深刻，也越親熱。……」北京城就這樣消化著遷入者。這也是一種「風教」：北京以其文化優勢，使外鄉人變土著儼若「歸化」。由文學中引出的上述「實例」講的是北京文化對於北京人的塑造過程。漸次產生的歸屬感，使老王掌櫃「越想家，也越愛留在北京。北京似乎有一種使他不知如何是好的魔力」。對於北京的鄉土感情於是乎釀成。這類變化發生在北京，幾乎是不可抗拒的。

　　與「北京人」同樣難以界定且易於引出爭議的概念是「北京市民」。劉心武在《鐘鼓樓》裏，也如考察四合院及北京人的職業流向一樣，對北京市民做過一番洋洋灑灑的描述：「這裏說的市民不是廣

3　《林海音自選集・小傳》，臺北：黎明文化事業股份有限公司出版。

義的市民從廣義上說，凡居住在北京城的人都是北京市民；這裏說的
市民是指那些『土著』，就是起碼在三代以上就定居在北京，而且構
成了北京『下層社會』的那些最普通的居民……要準確一點地表述，
就應當這樣概括他們的特點：一、就政治地位來說，不屬於幹部範
疇；二、就經濟地位來說，屬於低薪範疇；三、就總體文化水準來
說，屬於低文化範疇；四、就總體職業特徵來說，大多屬於城市服務
性行業，或工業中技術性較差、體力勞動成分較重的範疇；五、就居
住區域來說，大多還集中在北京城內那些還未及改造的大小胡同和大
小雜院之中；六、就生活方式來說，相對而言還保留著較多的傳統色
彩；七、就其總體狀況的穩定性而言，超過北京城的其它居民……」

上述概括依據的是近些年的情況，不適用於老舍寫作的三四十年
代。即使再加一些限定，北京市民也仍然不像俄國作家筆下的「小市
民」那樣，是一個世襲的階級。[4]劉心武所注明的「下層社會」，則反
映著他本人的興趣範圍。老舍所寫最具北京色彩的市民，倒應當說是
「中產市民」，如張大哥、小羊圈祁家、茶館老闆王利發。那即使不
就等於老舍所理解的「市民」（他也寫下層社會），卻是他更有意作為
「北京人」、北京市民的標準形象、理想型範來描寫的。我不敢說當
時的北京也如美國，以「中產階級」構成一種舉足輕重的文化力量，
卻認為老舍在其創作盛期，以中產市民為北京市民中較能體現北京文
化的一部分，必定有其充分的根據。自然可以說，老捨取材北京諸
作，所寫無不是北京文化；他確實將對於北京文化的概括與批評，集
中在了《離婚》、《四世同堂》、《正紅旗下》以及短篇《老字型大小》

4　參看高爾基《俄國文學史》第六章，上海譯文出版社，1979。

等作品裏。

中產市民外，老舍以之作為「北京人」而加意描繪的，還有胡同下層市民中較不低俗的一類，如小羊圈中兩號雜院居民，《正紅旗下》裏「我」的家庭。出於展示北京文化傳統的意圖，鄧友梅的選擇略近於此。他的作品中難得見到如劉心武所寫粗俗的胡同青年。陳建功的《找樂》、汪曾祺的《安樂居》寫的下層市民，也是胡同社會較有教養的那一部分。不同的選擇繫於不同意圖。以提出社會問題為旨趣的，與以展列文化為旨趣的，取捨自然不同。

既然作為選擇的內在尺度的「北京文化」，本身就是整理、選擇的結果，其中自有理想化。「北京文化」是一種文化價值系統，是一整套文化觀念與文化理想。在以發掘文化為指歸的京味小說，人物的理想化、標本化（有時近於人格化的文化概念）即不可避免。寫人，觀念即在其中。被選定了充當文化代表、文化標本的「北京人」，不能不是北京中的北京，對應著北京人中的特定層次，市井間的特定人群。

人類創造了自己的文化環境，同時承受了上述創造的後果，自身又成為文化的創造物一個巨大的「圈」。在單個人，承受中的選擇不消說因人而異。「林子大了，什麼鳥兒都有。」城以其文化力量施之於人，在不同的人身上收穫不同結果，卻又令人由品性大異的人們那裏，隱約辨識出同一個城的印記這也許是更奇妙的。《四世同堂》中的古城風度，表現於錢詩人為「懶散」，表現於祁瑞宣為「自然，大雅」，不疾不徐，表現於冠曉荷為悠閒，無聊。錢詩人與出賣他的冠曉荷，生活中都不乏小零碎，只不過在錢是出自本真，在冠則如箱櫃上的銅飾件，只為炫耀那點光亮。因具體人物而點染那個籠蓋其上的

巨大人物「北京」，悉心捕捉這無所不在的人物投射在具體人性上的光影，人的城市性格與城的人格內容的渾然一體感使作品境界闊大。任何後起的繁華都會都來不及形成如此久遠的文化生命，如此堅厚的文化累積，如此穩固的文化性格，來不及形成如北京那樣的對於人的「規定」，來不及擁有如北京市民這樣的城市文化的承擔者。

我們已一再談到，被普遍作為北京市徽的四合院、胡同，並不就是北京。胡同文化只是北京文化最有歷史最具特色的那一部分。胡同文化有它的限度，京味小說作者對此很了然。他們如明白胡同文化的限度那樣明白京味小說的限度。他們使用「北京人」這個較大的概念時，並不以為其無所不包。他們只是盡其所能，提供北京人的某種標本、樣品而已。

在說了上面這些之後，才有可能著手綜合。「北京人」已越來越象徵化了，以至人們使用這語詞時會有異樣感，似覺其意義在筆尖下膨脹。我們在此只說京味小說中的北京人。即使這樣也難免有「膨脹」，因為綜合即尋找標本，尋找理想形態。因而我決不敢自信概括得準確與全面。人是怎樣複雜的存在！我分明知道的是，對於下面的每一項概括，你都可以舉出一百、一千種例外。

二　禮儀文明

老北京人多禮，在這一點上最無愧於「禮義之邦」的「首善之區」。通常在說到這「多禮」之後，不免要感歎世風日下。這並不總是遺老情懷。在新的文化建設中憑弔流逝中的文明，也應能表現現代人的豁達氣度的吧。

　　禮儀文明是北京魅力的重要來源，並曾構成過北京人形象的重要
側面，是其外在形象亦是內在氣質。老舍曾不無自豪地寫到過，北京
城中「連走卒小販全另有風度」。他的作品中商人固不失斯文，近郊
農民也因蒙教化而與別處氣質不同。禮儀規矩並及於鳥類：「別小瞧
這養鳥兒，自老年間就很講究個章法呢！」（《紅點頦兒》）北京到底
是北京，即使騙子行騙也能騙得不勝風雅，彬彬有禮。《那五》中使
主人公上當吃虧的，就是這種京產的騙子。魯迅新編故事《采薇》裏
的強盜，不也十足京味？這裏或者也有禮的妙用。

　　北京人的多禮，也緣於滿族、旗人文化。「老人自幼長在北平，
耳習目染的和旗籍人學了許多規矩禮路」（《四世同堂》）。漢民族有禮
儀文化的悠久傳統，北京市民卻要向旗籍人學「規矩禮路」！傳統社
會因自身閉鎖而更有同化力，如對上文中提到的老王掌櫃，對進城謀
生的祥子，對近郊農民。文化猶之陶輪，其塑造人的力量是巨大的。
人們說習染，說耳濡目染，用了更古老的說法，曰「漸」。由風（習
尚）而造人，因人而成風，到了後來，不必借諸訓練，文化環境即實
施「教化」。這也是典型的高度發展了的鄉土社會。

　　禮儀文化的功用在這裏也如在別處，最終在於使人類徹底脫出荒
野，納入農業文明。作為治道、統治術，則在有效地「牧民」，使其
失掉犄角和利齒，馴順守分。「人生而有欲，欲而不得，則不能無
求；求而無度量分界，則不能不爭。爭則亂，亂則窮。先王惡其亂
也，故制禮義以分之」（《荀子‧禮論篇》）。鄉土社會中成熟的臣民都
極明於「分」。北京話有「應分」。守分，不逾分，不作非分之想、非
分之求，是做人的基本原則。「禮」於是進入了最日常的思想行為。
忠實於自己的社會角色（本分），依循社會、公眾認可的生活軌道，

其結果是社會的穩態、常態。在人，「分」多半指其社會地位（社會倫理秩序中的位置）而非社會職業。「守分」並不包含現代職業要求，也不能無條件地轉換成職業道德。這裏的「分」多半是先天的、出諸社會的強制性安排，是社會結構中個人被派定了的地位、角色。所以才叫「應分」，須「守分」。

人各安其位，是當道者的願望。經了習染、教化，也會成為普通人的本能。洋車夫小崔受了大赤包的羞辱（「大赤包冷不防的給了他一個氣魄很大的嘴巴」），他不肯還手。「北平是亡了，北平的禮教還存在小崔的身上」（《四世同堂》）。你悲憤於小崔的不爭，卻又會想，人的自我控制的能力，不也是進化的結果？

進入了普遍人生的禮，其意味給複雜化了，不再適於庸俗社會學的簡單判斷。北京人極講「體面」，老舍也常用這個字眼形容自己心愛的人物：「李四爺在年輕的時候一定是很體面」（《四世同堂》），回民金四「又多麼體面」（《正紅旗下》）！「體面」在這裏，形容人的美，儀容姿態的美。《我這一輩子》中落魄前的「我」體面，《正紅旗下》裏年輕的旗人後代福海體面。這些都是北京人中的漂亮人物。人物的「漂亮」總令人喜悅。汪曾祺筆下賣烤白薯的也自不俗，因為人精神，體面：「白薯大爺出奇的乾淨。……他腰板繃直，甚至微微有點後仰，精神！藍上衣，白套袖，腰繫一條黑人造革的圍裙，往白薯爐子後面一站，嘿！有個樣兒！就說他的精神勁兒，讓人相信他烤出來的白薯必定是栗子味兒的」（《安樂居》）。

訓練出這一種儀態的，就有北京城的禮儀文明。「禮是按著儀式做的意思。禮字本是從豐從示。豐是一種祭器，示是指一種儀

式。」⁵儀式一旦嫻熟，也會如入化境。在上文中的洋車夫小崔，禮是習慣性剋制；在文化更熟的北京人，則是姿態行為以至整個人的藝術化。這才近於理想境界。《正紅旗下》寫大姐，「她的不寬的腰板總挺得很直，亭亭玉立；在請蹲安的時候，直起直落，穩重而飄灑。只有在發笑的時候，她的腰才彎下一點去，彷彿喘不過氣來，笑得那麼天真可憐。」你覺出了作者本人對人物的讚賞愛憐。同書中福海二哥的請安，更是一種行為藝術，足以令人為了欣賞形式而忘了內容。「他請安請得最好看：先看準了人，而後俯首急行兩步，到了人家的身前，雙手扶膝，前腳實，後腿虛，一趨一停，畢恭畢敬。安到話到，親切誠摯地叫出來：『二嬸兒，您好！』而後，從容收腿，挺腰斂胸，雙臂垂直，兩手向後稍攏，兩腳並齊『打橫兒』。這樣的一個安，叫每個接受敬禮的老太太都哈腰兒還禮，並且暗中讚歎：我的兒子要能夠這樣懂得規矩，有多麼好啊！」大姐二哥，都是「熟透了的旗人」，不但動合規矩，而且美得如出天然，使你忘記了那種禮儀的繁縟，不合理，壓抑人性。老舍寫福海，不免解說太多。《茶館》中的王利發掌櫃更是活的禮儀大全自然是生意人的禮儀大全，其完備性在這一方面無以過之。只不過也因此，禮也就顯出了它本身的諷刺意味。

韓少華在《少管家前傳》裏，寫少管家禮數上的精細周到，竟也流露出與老舍相似的欣賞神情。這福海式的漂亮人物也如福海，動止中節，一言一行都像有尺寸管著，卻又極自然，似乎不假約束也是傳統社會做人的理想境界。到了這境界，禮儀行為即藝術化了。由技術

5　費孝通《鄉土中國》，第52頁。

而藝術，極人工反近天然，做人圓通之至倒令人不覺其圓通，「禮」
於是乎成為「其人」的一部分，使人物盡善盡美，無可挑剔。

外在規範化為生命活動的自然節奏，是禮內在化的過程。這才真
合於制禮者的初衷。由這種標準看，大姐二哥未見得已臻極境。那小
說中另有一個不大起眼的人物，父親，不如上述人物「漂亮」，甚至
顯出幾分「拙」，卻似更能體現這種文化對於人的要求。在父親，禮
並不表現為應酬的瀟灑俐落，而是滲透於性情且由內而外地彌漫在眉
宇間的寧和之氣。對此人物，作品著墨不多，省儉的描寫卻更能動
人。「有人跟他說話，他很和氣，低聲地回答兩句。沒人問他什麼，
他便老含笑不語，整天無話可說。」每逢姑母發威，「罵到滿宮滿調
的時候，父親便過來，笑著問問：『姐姐，我幫幫您吧！』」

> 「你！」姑母打量著他，好像向來不曾相識似的。「你不想想
> 就說話！你想想，你會幹什麼？」
> 父親含笑想了想，而後象與佐領或參領告辭那樣，倒退著走
> 出來。

這兒更有溫煦氣息，一片溫煦中對於命運的順從，因順從而得的
心靈的寧靜和諧：更是禮儀化的人生態度，心靈狀態。外在的行為規
範勢必影響到普遍心態，經由不斷調整，漸次達到內外一致、表裏相
諧；由外而內與由內而外交互作用，由此造成一種人格，一種人生境
界。古城式的和諧寧靜正是經由發生在個人那裏的如上過程而釀成。
「禮」參與設計了北京與北京人。

在活的人生實踐中，有些素來為人所詬病的禮儀行為，也因情境

而宜分別闡釋。禮儀作為外顯行為，其內心依據從來因人、因人際關係有諸種不同的。至於北京人間的應酬，則因含有對於人情極細心的體察與體貼，易於釀成「魅力」，引人懷念。禮儀甚至有可能出自人的內心需求，對人際和洽的需求。在看似「純形式」中，包含有豐富的情感內容。

我在這裏想到了王蒙《雜色》中所寫主人公對邊疆民族禮儀行為的情感體驗。「這種美好的，卻又是千篇一律的禮節，換一個時候，也許叫曹千里覺著有些厭煩，有些浪費時間。……但是，現在，在這個天翻地覆，洪水颶風的年月，在他的心靈空空蕩蕩，不知道何以終日的時候，這一次又一次的問好，這一遍又一遍的握手，這幾乎沒有受到喧囂的、令人戰慄而又令人眼花繚亂的外部世界的影響的哈薩克牧人的世代相傳的禮節，他們古老的人情味兒，都給了曹千里許多緩解和充實。生活，不仍然是生活嗎？」他的《在伊犁》諸篇一再描寫了由維族哈薩克族人與北京人相似的交際應酬中體驗到的人生溫暖；這也應當是異鄉人在老北京人中間所能感受到的。我在讀那一組作品時一再想到，這位作家對於伊犁的文化認識（如對其禮儀文化和語言藝術的認識），在多大程度上依據了北京文化的薰染？一個有高度教養的知識者以他鄉為故鄉豈是偶然的！

與王蒙上述情況相似，老舍當寫到知識分子人物在困厄中受到京郊農家「有禮貌」、「熱心腸」地款待時，他對北京文化的過於憤激的批評變得有幾分遊移。因為這也是「中國人，中國文化」。

也許應當說，沒有了老北京人豐富到極點的禮儀性語言，也就不

足以造成北京的方言藝術。[6]「多謝您了，回見您哪，多穿件衣服別
著了涼您哪！」（鄧友梅《雙貓圖》）「您這位還想聽我說？」「您在這
兒聽是不？」「您又棒錘了不是？」（《北京人‧二進宮》，著重號是我
加的）敬詞、委婉語詞、使語氣委婉的疑問句式，無不顯示出富於人
情體貼與分寸感的人際關係。「禮」在這日常語言與語境中，「世故」
亦在其中。再沒有比化入語言習慣的禮俗更為普泛化的了。

　　這裏說到「世故」與「分寸」。禮儀行為在作為人際交往方式
時，通常既有情感含量，又表現為關係衡度與自我行為制約。人們所
批評的虛禮的「虛」，也因了上述成分的複雜性。禮儀行為在王利發
（《茶館》），有純粹的應酬周旋，亦有真誠的體貼關照，真假虛實都
有，且未必總能區分得清楚（甚至在施禮者本人）。「您知道，旗人老
太太們，是最講究面子的。有點子什麼新鮮吃的，願意街坊鄰居嘗一
口，是個心意，也是個禮數」（《轆轆把胡同9號》）。

　　親切而又適度，才合於禮。北京人的禮儀文明在這一點上不同於
鄉俗人情。這裏又有「分」。講求「分際」，明於限度，也得自人類在
進化中的自我塑造。在這一方面敏感細膩的程度，通常標誌著一個民
族文化成熟的程度。這裏且不去說人類為這種進化所支付的代價，進
化中的失落。

　　「體面」不止在儀態，這字眼兒還包含有自尊感，人的自尊自
重。「體面」關心的更是人在其它人眼中的形象，是一種借助他人的
肯定才能成立的自我評價。鄉土社會的心態，向來注重環境反應、社
會眼光。但關心他人眼光的「體面」確也出於自尊感。祥子當著被踐

6　蕭乾《北京城雜憶‧京白》寫到「京白最講究分寸」，「京白最大的特點是委婉」
　　等。見前注。

踏時，最令他痛苦的，是他精心維持並引以自傲的「體面」的喪失。老北京人極其自重自愛，也由於禮儀文明的薰陶。烏世保在絕境中問自己，一問是否吃得了苦，二問是否忍得下氣，三問「氣或能忍，這個人丟得起丟不起呢」？（《煙壺》）這第三問，才是最要命最絕望的一問。苦吃得，氣亦忍得，「人」卻萬萬丟不得。《鼓書藝人》（老舍）在某種意義上，是人為尊嚴而掙扎抗爭的故事。被那個社會賤視的藝人的尊嚴又特具敏感性。有人說中國文化是「恥感文化」（區別於西方的「罪感文化」），或許受了本尼迪克特論日本文化的啟示。知恥近乎勇，士可殺而不可辱。正派北京市民在這一點上亦可說「咸近士風」。

在小民，自尊自重包含有價值態度與人生信條，半由文化薰染半由切身經驗中來。老舍與其它京味小說作者在寫到類似情境時，筆端總流瀉著莊嚴的感情。落魄到作藝維生的小文夫婦氣度「是這麼自自然然的不卑不亢」。他們所操為「賤業」，卻不自輕自賤。難能的就在這「不自輕自賤」。在別人面前，他們「表示出他們自己的尊傲」，極其「坦然」，坦然到令有狎玩之心者感到壓迫。《話說陶然亭》中的幾個老人，在雲雨翻覆的年頭，只是「各自站在各自的位置上，練自己那一套功夫，不比往日用力，也不比往日鬆懈，一切和昨天、前天、大前天一樣」。這持重也表現著特定情勢中人的尊嚴，不趨附不苟且不為威壓所動的一點風骨節操。令作者們肅然起敬的也是這骨子裏的「尊傲」。手藝人的自尊感更出於行業傳統。「家有萬貫不如薄技在身」，是市民，尤其小手工業者、手藝人的信條。他們的自尊也建基在職業尊嚴上。《煙壺》中說買賣人「講的是和氣生財、逢場作戲」，而「手藝人自恃有一技之長，憑本事掙飯吃，凡事既認真又固執，自

尊心也強些」。這也是傳統社會的手藝人性格。老舍、汪曾祺都善寫
這種性格且寫得動情。

老舍筆下的漂亮人物，都由自信與自尊撐持著，那自尊也就鑄進
了氣質風度（「連走卒小販全另有風度」的風度）。自尊使人高貴，提
升著小民的人生境界。人們感受到的北京風度氣派，即半由此構成。
「老字型大小」體面的失敗（《老字型大小》），鏢客沙子龍體面的沒
落（老舍《斷魂槍》），體面、尊嚴濃重化了傳統技藝、商業沒落的悲
劇意味，使其呈現於文學時彌漫著感傷與憑弔的氣氛。在市民人物，
這份「尊傲」則有助於避免俗媚通常市民文化中最致命的病象；如
《四世同堂》中棚匠劉師傅的凜然之氣，小文夫婦的雍容氣派，閒雅
神情，尊嚴態度，禮儀文明使古城於優雅中更添了尊貴。

北京人作為北京人的自尊，又與「北京人意識」聯繫著。他們不
止尊愛自己，也尊愛屬於自己的古城。這擴大了的個人尊嚴感，也是
北京人文化性格與北京風度的一部分，看似非關禮儀文明卻又由禮儀
傳統節制著。最令老北京人自豪的，就是比別處人更懂禮儀。祁老者
即使日本兵臨城下也不能不做壽，因為「別管天下怎麼亂，咱們北平
人絕不能忘了禮節」（《四世同堂》）！

正如古代自居為「中心」的華夏民族，以文化優越的眼光看待
「夷狄」，老派北京人也因襲了類似的文化中心意識，以至善良熱心
的張大哥不能不用了悲憫的態度對待老李，因為「據張大哥看，除了
北平人都是鄉下佬。天津，漢口，上海，連巴黎，倫敦，都算在內，
通通是鄉下」（《離婚》）。這種誇張了的尊嚴感源於封閉，封閉才「只
此一家」。上述文化優越感是鄉土社會中的普遍心態。

老舍筆下北平人的文化自豪是無限的。白巡長，「他愛北平，更

自傲能作北平城內的警官」。祁瑞宣，「平日，他很自傲生在北平，能說全國遵為國語的話，能拿皇帝建造的御苑壇社作為公園，能看到珍本的書籍，能聽到最有見解的言論」（以上見《四世同堂》）。誰又說老舍本人沒有這種文化自豪？在《四世同堂》裏，那自豪竟像是滿到要漫流出來。自傲於「北平人」，才不惜用了帶點天真的誇炫調子：「在太平年月，街上的高攤與地攤，和果店裏，都陳列出只有北平人才能一一叫出名字來的水果」；「北平的菊種之多，式樣之奇，足以甲天下。」北京人的文化自豪是如此地富於感染力，以至《京華煙雲》的作者也無意間分有了這心態，儘管他實在是個「外鄉人」。同樣值得注意的是，這份感情在有教養的北京人，比之別處人倒是少了一些地域文化心理的狹隘，更基於民族自豪感或者也是無分民族、國家的「京城人」的共通品性？

處在鄉土社會，且是鄉土社會中的模範地區，北京人決不缺乏等級意識。禮儀因對象場合所作的種種區分中，即有傳統社會根深蒂固的等級觀念，傳統人格中固有的文化偏見。老北京人少了一點商業競爭中的勢利，傳統社會卻另有其勢利，如對於身份（亦一種「形式」）的注重。出身歧視、行業歧視（行業內部又講究「師承」、「門戶」）即出於這種勢利。《鐘鼓樓》中的人物為此而賤視「大茶壺」的兒子；落魄的烏世保總不能忘自己是「它撒勒哈番」，即使在囚中，也不肯失「旗主子」身份（《煙壺》）。到烏世保畫內畫、燒製「古月軒」這會兒，戲劇藝人在京城還被視為「賤民」，不許進內城居住呢。

下層社會並不能天然地產生平等思想。即使賣苦力如車夫者，彼此又豈能平等！「同是在地獄裏，可是層次不同」（《駱駝祥子》）。專制社會沿襲了幾千年鍛造得極其精緻的等級制，以對權勢的崇拜（至

少是敬畏），造成普遍社會心理。從來有「醉心貴族的小市民」。北京市民亦不能外。即使老北京模範市民祁老太爺眼中的小羊圈胡同各家也有差等。他「不大看得起」隔鄰的大雜院，「所以拿那院子的人並不當作街坊看待」，「對其餘的五個院子的看待也有等級」（《四世同堂》）。但你在這裏須留心，這位老人持為標準的不是經濟地位，而是「品類」。他敬重斯文，注重德行，因而對窮愁潦倒的詩人和幹粗活的李四爺都不乏敬意。這種人物評價上的尊重實際順乎情理，又是注重形式的反面，與市民的形式主義互補。

平等感就在這裏出現了。出於禮儀文明，自尊大度，寫在京味小說中的古城市民確又更富於樸素平易的平等感。傳統社會輕商，寫在小說裏的市民以及寫小說的作者對於手藝人、商人的尊重即屬於平等感。汪曾祺《晚飯後的故事》裏主人公由學唱京戲而營商：「賣力氣，做小買賣，不丟人！街坊鄰居不笑話他。」這種見識卻也植根於同一「傳統社會」。

有禮儀文化傳統和上述平等感的北京市民，在京味小說中，有一種與農民間別致的關係。張大哥視不通世故的知識分子老李為「鄉下人」，小羊圈祁家人對於本來意義上的鄉下人，京郊農民常二爺，卻很有些親昵。北平人的教養是使人遠離鄉野的，這山野之人卻像是喚醒了他們渺渺茫茫的記憶，其一言一動都令他們欣喜。雖有城內城外之別，既與常二爺同屬於鄉土中國，深刻的精神聯繫，仍使北京市民較之上海弄堂中人更貼近土地些。「久住在都市裏，他們已經忘了大地的真正顏色與功用；……及至他們看到常二爺滿身黃土而拿著新小米或高粱的常二爺他們才覺出人與大地的關係，而感到親切與興奮。」欣賞那稚拙、樸野的，既出於文化優越感，又出於對喪失了的

「本真」的文化懷念。能欣賞這山野般的清新，欣賞這野趣中的童趣的，又從來是傳統社會裏更有教養的那一部分人。祁家人因「文化過熟」，才看常二爺如看兒童；老舍寫常二爺亦用了相似的態度。不一定最樸素卻極親切，與大觀園中人看劉姥姥的眼神不同，也與近代商業都會中人看鄉下人的著眼處不同。平等感即在這對人的審美評估中。與土地的聯繫是由禮儀文明隔斷的，審美地接續這聯繫卻又靠了得自禮儀文化的教養生活邏輯就有這樣曲折。

我已盡我所能地談過了北京城禮儀文明中魅力所在的各面，這些方面曾因籠統的文化批判而被忽略已久。未及展開的一面對於認識北京人的文化性格幾乎同樣重要，即北京人禮儀文化的諷刺性。

傳統文化的禮，形式本大於內容，到得封建社會油盡燈殘，形式之膨脹更為前所未有，以至但有形式而無內容，種種怪現狀生焉。見之於清末民初筆記稗史，笑料百出，令人絕倒。如弔喪者但知號咷，「往往號畢而不知沒者為何人」。文過於情有如此者。朝考殿試專重書法，「惟以字之工拙分甲乙」，則又是文勝於質的極端例子。凡此固然是照例的末世景象，亦與八旗禮俗之繁細有關。京城貴族，借禮俗以造作威儀，小民則因近官而習於官樣官派，偏重形式較之別處難免變本加厲。

有清一代，其盛時，把封建文化的精美處發揮到極致；其衰也，則把封建文化的變態畸形，種種荒唐怪誕不合理，也發揮到了極致，從而加深了清王朝覆滅的喜劇性。一個王朝到了這份兒上，其臣民也不能再正兒八經地對待它，「現形記」、「怪現狀」一類作品宜其出世。集中表現著傳統社會惡性發展了的形式主義，暴露著封建文化的貧乏空虛的，正是禮儀文化。

　　老舍在不經意間，曾把北京禮儀文化的詩意方面呈現得特別動人，他對於此種文化的諷刺性，也比之別人揭示得更深刻，且服從於北京文化批判的自覺意圖。有關的諷刺性描寫最誇張而富於動作性的，是《茶館》中松二爺的形象。類似的嘲諷在他的作品中俯拾即是。「張大哥愛兒子的至誠與禮貌的周到，使託人情和請客變成一種藝術」（《離婚》）。「這群人們的送禮出份資是人情的最高點，送禮請客便是人道」（同上）。令人疑心禮多亦因了人情的稀薄。

　　在諷刺性場合，禮往往與「面子」有關（老舍抗戰時期的劇作之一題為《面子問題》）。祁老太爺在艱難時世堅持做壽為了面子；祁瑞豐「願意作真奴隸，而被呼為先生；虛偽是文化的必要的粉飾」；「一個北平人是不妨為維持臉面而丟一點臉面的」（《四世同堂》）。還有誰讀不出這文字裏的沉痛！至於旗人文化，更將注重形式極端化了。八旗貴族縱然大架子已倒，也仍要維持氣派與排場，倒像是氣派、排場之類更加性命攸關。且愈到亡國之際，禮儀愈繁縟「排場」又是一種心理補償。大姐婆婆窮而要買奇貴的王瓜大櫻桃，「只是為顯示她的氣派與排場」。「氣派與身份有關，她還非打扮不可」（《正紅旗下》）。那五即使潦倒不堪，也依然講究「臭規矩」：「他是倒驢不倒架兒，窮了仍然有窮的講究。」人到了這樣即成病態，入骨很深的一種病。其心理背景中，又有中國式的「群體意識」，首先顧及「觀瞻」的那一種。

　　出於「氣派與排場」的考慮，人的儀態的美也會被用作純粹裝飾。《正紅旗下》中的大姐被塑造得極其完美，一舉一動都「夠多麼美麗得體」，卻又美得淒涼，惹人憐惜，因為這份稟賦才智浪費在了最無價值的禮儀往來、人情應酬上，甚無謂也。可憐的尤其是女人。

「這種生活藝術在家裏得到經常的實踐，以備特別加工，拿到較大的場合裏去。親友家給小孩辦三天、滿月，給男女作四十或五十整壽，都是這種藝術的表演競賽大會。至於婚喪大典，那就更須表演得特別精彩，連笑聲的高低，與請安的深淺，都要恰到好處，有板眼，有分寸。」有價值的人與無價值的人生場面，人的美和這種美的無意義消費，禮儀的塑造人與壓抑、戕害人性作者的心情在這裏不能不變得複雜了。

老舍畢竟不是張天翼，即使嘲諷，用筆也不失溫厚。這倒也不全繫於風格，另有對北京、北京人、北京文化的一份溫情在節制著。《正紅旗下》寫家宴上的禮讓：「『酒席』雖然如此簡單，入席的禮讓卻絲毫未打折扣：『您請上坐！』『那可不敢當！不敢當！』『您要不那麼坐，別人就沒法兒坐了！』直到二哥發出呼籲：『快坐吧，菜都涼啦！』大家才恭敬不如從命地坐下。」仍然是人情，卻夾帶了習慣性的虛偽。這也是傳統社會禮俗中常見的喜劇性場面。寫上述場面，老舍用了微諷，終不能如張天翼的刻薄、謔近於虐。不妨花費點篇幅錄張天翼寫類似場面的一段文字以為比較：

　　華幼亭一面要掙開那兩雙邀請著的手，一面不住地欠著身子：
　　「呃呃呃，決不敢當。我比季翁小一輩，怎麼敢……」
　　「你比我小一輩？」
　　「季翁聽我說，聽我說，」他又退了一步。「劉大先生你是認得的吧？」
　　「劉大先生？沒有聽見過，哪個劉大先生？」
　　「哪，這個是這樣的：劉大先生是我們族叔的同年，我叫起

來是個年伯。而劉大先生教過王省三的書。王省三季翁見過的吧？」

「不認識。」

「是，是，大概沒有見過。……王省三跟丁家祥是結了盟的。丁家祥照他們丁氏譜上排起來則是仲驪二太爺的侄孫。……算起來季翁恰恰長我一輩。」

那兩叔侄稍為愣了一下，重新動手拖他。茶房恭恭敬敬站在旁邊，怕他們會溜掉似的老盯著他們。幾個冷盤端端正正擺在桌上，讓那些蒼蠅在那裏爬著舔著。……

《在城市裏》

到得他們討價還價互用起詭計來，也這麼起勁、頑強、不肯讓步。

當代京味小說中不乏類似內容。《鐘鼓樓》所寫婚禮場面就集中了舊禮俗的諷刺性。兩代作家也都寫到知識分子處此文化環境感到的窘迫、尷尬；以知識分子性格與市民性格的反差，強調著北京人文化傳統改造的迫切性。

三　理性態度

這標題會令人以為本書作者小題大作。但寫在京味小說中的北京人，的確可以看作中國人的某種標本。

市民與農民，都是天生的現實主義者自然是在這個概念含義的較低層次上。他們生活的世俗、物質性質，他們面對的生存問題的具體瑣細，他們所處社會經久而厚積著的經驗、常識，以及教養、知識水

準的限制，都有助於造成關心基本生存注重實際的「現實主義」。祁家人津津有味地聽農民常二爺說鄉下生活，說農事，因為那是些「緊緊與生命相聯，最實際，最迫切的問題」，也因為他們自己原本「實際」。他們幹活吃飯，作藝吃飯，在這上頭玩不出花活來。這幾乎是小民的全部生活，其中有小民的真理。老北京人管衣食之資叫「嚼谷」（如說「奔嚼谷」）有多麼的親切實在！

京味小說作者在多數場合，無寧說欣賞這種講求實際的態度。他們從這裏看出了對於知識分子空談玄想的嘲諷。小民的人生叫他們感受到生命的樸素與堅實。這裏或有被知識者遺忘（或曰喪失）了的一些基本的生命體驗。

市民的後代是在那個最世俗的世界裏開蒙的，不但那五、索七的後人，而且如《立體交叉橋》裏的侯家兒女。這世界擁有那樣豐富的經驗與常識，積存了無窮世代的人生教訓，在走出胡同社會之前，他們還邁不過這些去。索七的後人金玉寶拿自己與哥哥的境遇、遭際比較，而後選擇自己（鄧友梅《索七的後人》）；侯家老二也在與哥哥、哥哥那一代人的比較中選擇自己（《鐘鼓樓》）。他們的認識可能是歪曲的，卻循著市民人物通常的認識道路。這兒沒有思辨哲學、形而上的位置，思想材料是直接生活；認識活動則在其每一環節都力求落到實處，實實在在的衣食住行。這固然有可能使他們切實，卻也同時會使他們委瑣。不管怎麼說，他們在最初都是被用了最切近而可靠的經驗塑造成形的。

京味小說本身又負載了多麼豐富的人生經驗你讀一篇《我這一輩子》看！被作者如此彙集起來的經驗，由不知多少小人物花費了「一輩子」積攢而成。那些經驗並非都有正面意義。小說人物「我」說起

「市井真理」時，也一再用了揶揄的口吻。但那仍然是些經驗，其中有小民對人生、社會、歷史的洞見。

京味小說作者以莊嚴的筆墨寫市民小人物的自尊，以同樣莊嚴的筆墨寫他們尊重實際的理性態度。較之別的作者，他們似少一點知識分子的「迂」。《圓明園閒話》（蘇叔陽）中，工人出身的棋友以棋道說「人道」、「世道」，用了市井間樸素的政治智慧，開導浩劫中「走背字」的教授：「你這個人呐，死心眼兒。眼下是雙車封河，你那車馬炮都受著憋呐。多看兩步棋呀，你不是有本事嘛？本事窩在肚裏也爛不了，早晚有施展的一天。這不，你一抽車不就逢凶化吉啦？幹什麼也如是，一盤棋兒，至於愁得你老把眉毛縮成個大疙瘩？」北京人因久歷滄桑，在靜觀中養成的通達。「多看兩步棋」使他們身居颱風眼處而能保有幾分超然。這態度曾使他們在當年北京「鬧學生」（學生運動）時冷眼旁觀，卻也會使他們在時世變易、人事遷流中，表現出寓於智慧的穩定。

理性態度更在日常生活中。《鐘鼓樓》裏的小廚師在父母雙亡後清掃整理了屋子，「沉著地等待有關部門給他安排工作」。作者一再寫胡同青年的「冷靜」、「沉著」。實際而冷靜的姿態使這些凡庸人物叫人敬重。同一小說還寫到「熱戀」中的女孩子聽到對方應允給自己買表後，「冷靜」地問：「你有那麼多錢嗎？」這未免煞風景。即使寫到這兒，作者也極力節制嘲諷。對於物質可能性、生存條件的極其冷靜、鄭重的估量，是這一文化圈中的文化，它本身並不就鄙俗。老北京人不乏風雅的找樂，不也跟對條件的掂量聯繫著？

市民式的「實際」又的確有其諷刺性。《鐘鼓樓》寫薛家要過門的兒媳婦：「她就是這麼個不僅知道天有多高地有多厚，並且量著天

和地的尺寸辦事情的人。」「實際」的諷刺意味當然也更在如愛情這類場合。[7]「……同許許多多搞對象的人一樣，在雙方基本相中了對方以後，他們便雙雙在公園遛彎兒，一遛二遛，漸漸地坐在一起的時候比走在一起的時候多了，又漸漸地不光是說話，而進入到身體接觸的階段那最最初級的階段，便是互相抓著手腕子看對方的手錶，當然不是看幾點幾分，而是邊看邊問：什麼牌的？值多少錢？誰給買的？走得准不准？……」

　　他們講究「實惠」，他們的生活理想也因充滿了實際打算而處處都敲得結實。人類尋求認識自己與認識世界，尋求終極真理和具體生存的合理性，為此用去了幾千年。他們畢竟不能滿足於僅僅飽暖地活著。講求實惠也許更是胡同裏新市民、市民後代的文化特徵。你也已看出來，上述人物與安樂居中老派酒客神情不同。從來就有找樂的北京人，和更講實惠的北京人。許地山的《春桃》或不足稱京味小說，小說中的春桃卻也是胡同裏的基本居民被「生存」的大題目拖住無暇風雅也不解風雅的底層市民、粗人兒。

　　經驗的累積即得世故。較之農民，市民的確更少天真氣。祁家人的自我感覺在這一點上很合於實際。農民的天真源自環境的單純，和因閉塞而造成的蒙昧，塑造出市民性格的則是另外的條件，尤其皇城周遭。世故是天真的剋星。老舍小說中，張大哥這個人物是市民世故的集大成者，即使在熱誠助人時也運用世故，奇妙的倒是世故並不就

7　同篇中寫道：「愛情！潘秀婭甚至沒用這個詞彙進行過思維，在她的思維中只有『對象』這個概念；『我愛你』這個簡單的句子，在她同薛紀躍搞對象的過程中，雙方也都沒有使用過，他們只說過：『我樂意。』」——「樂意」於實際解決。「她要結婚。她要成家。成家過日子。」

消滅了熱誠。在張大哥，那是一份做人的聰明，以至做人的藝術。張大哥就那麼極其藝術地活著。《茶館》中王掌櫃是比張大哥更生動的「藝術」，世故使這個人從頭到腳藝術化了。鄧友梅筆下的小客店店主及金竹軒一流人物，無不具備這種聰明，寓世故於熱誠，藏機靈於厚道，應付人事天然地有種從容瀟灑。所謂「北京風度」不也在這樣地造成著？所應注意的還有，這份聰明在正派市民那裏，決不等同於市儈式的精明。前者出於順世與自保，無損於人的。這是一點非同小可的區別。在德行上，這種世故的對面是書生式的迂，而非愚（為精明所算計的「愚」）。不妨認為張大哥式的熱誠裏有市民的天真，未被世故一股腦兒壓死的天真。這又是俗極而雅的例子。上述人物在作品中不但不招嫌而且見出可愛者也為此。

活在京都，尤其在雲譎波詭世事不勝其變幻的年頭，他們也不能不世故。《我這一輩子》的主人公說：「我只能說這麼一句話，這個人民，連官兒，兵丁，巡警，帶安善的良民，都『不夠本』！……在這群『不夠本』的人們裏活著，就是個對付勁兒，別講究什麼『真』事兒，我算是看明白了。」「還有個好字眼兒，別忘下：『湯兒事』。……」是怎樣得來的一份世故！正派市民的世故里，有這種閱事太多見事太明的悲憤沉痛。看透了，又無可奈何。專制政治下小民以其渺小，所能造出的也只能是些「世故」。這小說以第一人稱，講述了人被社會不公正銷磨掉，被社會以其更大的世故消化掉的故事。讀這小說，主人公的窮愁潦倒還不是最可痛心的，真讓人不寒而慄的倒是他終於得到的那些個經驗、世故。因為其中映照出的，是社會肌體隨處發生著的潰爛。作者讓你看到，被如此造成的世故非即良知，倒像是用來戲弄良知的。它腐蝕著主人公的純良品性，在另一篇作品

裏，則使農民祥子失去其農民式的清新；使他們苟活，以抹煞自己，求得對社會的順適。能造出這樣的經驗、世故的，才是真正可怕的社會。

　　講求實際、經驗的理性態度，阻止了市民（中國人）墮入信仰主義。「敬神如神在」，「未知生，焉知死」，是孔老夫子的一份世故；「信則有，不信則無」，是普通小民的見識。執著世俗人生的人們本質上是「非宗教性」的。據清代筆記，北京城曾極多寺觀。有關記載中更生動的，卻是借寺觀舉行的市民娛樂活動；以娛神的名義娛人自娛，以至老北京諸種廟會充滿了世俗歡悅。這也是鄉土中國隨處可見的喜劇性現象。《煙壺》寫老北京中元廟會（盂蘭盆會）的熱鬧：法鼓鐃鈸齊鳴，燈燭與明月交輝，「整個京城變成了歡快世界，竟忘了這個節日原是為超度幽冥世界的沉淪者而設的」。中國人或缺乏言語的幽默，卻從不缺乏這類行為的幽默。這裏也有歷史久遠的民間智慧，可會意卻不必說破了的。

　　傳統思想文化中的寬容（如儒道互補，釋老並存），發達的相對主義思想因素，理論思維（由觀念到表達）的模糊性，影響於國民性格，即易於容納、「化解」，難有根本性的懷疑究詰；易於變通，難以堅執。其積極的方面，不容易造成宗教偏執，又因得而失，少有作為「偏執」的底子的認真，少有追究終極的狂熱和理論的徹底性。通權達變，在市民生活中，更成為自我保存的手段，造成因循退守的市民性格。

　　市民由於其社會位置和所屬社會的文化傳統，往往無師自通地發展了安時處順保生全身的順世哲學，「吾將處材與不材之間」、「呼我牛也而謂之牛，呼我馬也而謂之馬」一類處世方略。在他們中的有些

人（如張大哥們），那甚至不是方略，而是人格內容，使他們成其為他們自己的東西。由於實際生存方式與教養，他們決不可能如莊子極盡形容的「至人」、「真人」、「神人」那樣超然物外作「逍遙遊」，他們只能在順世中為自己贏得一點層次不高的「自由」，因無往不合於聖訓而「從心所欲不逾矩」的自由。張大哥一類市民中的聖賢儼然得道；他們通常是社會中沒有理論主張的「秩序派」，承認既成秩序，承認權威，承認人世間尊卑貴賤的倫理秩序，知分、守常，以此作為安全的代價。倘在亂世，更以和其光而同其塵，使自己有效地消失在人群之中。市民的理性態度，他們的現實主義，也集中在上述方面。

莊子哲學談人對於自然、人對於社會的雙重適應；被市民所發揮的是人對於社會的順適（「順時而應世」），骨子裏則是中國式的宿命思想、命運觀。「一塊喝酒的買了兔頭，常要發一點感慨：『那會兒，兔頭，五分錢一個，還帶倆耳朵！』老呂說：『那是多會兒？說那個，沒用！有兔頭，就不錯。』」（《安樂居》）老呂聖明。「知其不可奈何而安之若命，德之至也」（《莊子・人間世》）。可這樣也就有了市民的迷信，鬼神迷信以外更普遍的迷信。祥子在這一點上還未獲得北京人的資格，他太相信自己的「要強」與耐勞。同在不幸中，《我這一輩子》的主人公就聰明得多：「……至於我的時運不濟，只能當巡警，那並非是我的錯兒，人還能大過天去嗎？」這點道理在成熟的市民，是如同「人要吃飯」一樣簡單明瞭的。他們的信條是「命裏有八尺就別攀一丈」、「退一步海闊天空」（《索七的後人》）。他們苦樂隨緣。因而老牌北京人有理由看不上老李、祥子式的「死性」；「死性」的反面是活泛，心裏「透亮」。「年頭兒的改變不是個人所能抵抗的，胳臂扭不過大腿去，跟年頭兒叫死勁簡直是自己找彆扭」（《我這一輩子》）。

順適為了自保。在成熟的北京人，順適並不如人們從旁設想的那麼痛苦，那往往是心安理得的；因與作為一種德行的「自律」聯繫著，使人享有知足者的安寧與快慰。《晚飯後的故事》（汪曾祺）的主人公心裏很透亮：「一個人能吃幾碗乾飯自己清楚，別人也清楚。」雲致秋更有其一套活人的道理：「我曾問過致秋：『你為什麼不自己挑班？』致秋說：『有人攛掇過我。我也想過。不成，我就這半碗。唱二路，我有富裕，挑大樑，我不夠。不要小雞吃綠豆，強努。挑班，來錢多，事兒還多哪。……這樣多好，我一個唱二旦的，不招風，不惹事，黃金榮、杜月笙、袁良、日本憲兵隊，都找尋不到我頭上。得，有碗醋鹵麵吃就行啦！」是世事洞明、人情練達的「明白人」，雖然有鄉愿氣味。

他們不但戒之在奢，戒過分的消費，而且也戒心理上的奢求、奢望。這兒又有市民的消費心理。如上文「生活的藝術」中你所看到的，他們講的是與身份地位相稱的消費身份地位的衡量中，未始沒有衙門文化、官場價值對市民意識的滲透。

因有限條件更因有限欲求，他們不奢望也不易墮入絕望。「夫物之不齊，物之情也。」《鐘鼓樓》裏那個不懂「愛情」的女孩子也不懂這個。「可她知道，自己夠不著人家那個生活標準，癡心妄想沒有用，白坑害了自己。」「他覺得他們從來就不是一種人，因而用不著去同他相比。」這一種「理性」、實際精神，使他們避開了精神痛苦。他們明於理想與現實的分際。即使烏世保這種「悠閒自在」慣了的旗人，「也有隨遇而安、樂天知命的一面」，落魄到「蹲小店與引車賣漿者流為伍」，非但不絕望，還能保有那點雅趣（《煙壺》）。他們有一套自慰自解的邏輯。「……就是『四人幫』時候受點罪，可受罪的

又不是咱一個，連國家主席、將軍元帥都受了罪，咱還有什麼可說的？」（《尋訪「畫兒韓」》）知足中往往有類似的運思過程。這又是典型的小民、草民心理：將相尚如此，況我輩乎！

常識加本分，形之於風度，即有穩健；穩健也體現著價值態度與認識特徵。在張大哥一流市民，更是出於自覺的自我形象設計。「……北京人四平八穩慣了，搞選舉、排名次一向和奧林匹克運動會或小說評獎之類國內外慣例相反，不選前三名，也不排前五名，偏是四名。『四大名醫』、『四大名旦』、『四大鬚生』，吃丸子也要『四喜丸子』。……」（《煙壺》）這或許也出於古老的數字迷信？種種市民意識的矛盾，無不反映著中國文化的內在矛盾。正面與負面相互補充互為表裏，才構造出完整的北京人的。

「順適」畢竟並非天性。我在下一節中要談到的「散淡神情」，是道德自律、順適的結果，經努力達到的人生境界。「順適」常常是一種不自覺其努力的努力，努力於自律、克己。歸結到一個字：忍。《我這一輩子》的主人公回憶學徒時的挨打受氣：「現在想起來，這種規矩與調教實在值金子。受過這種排練，天下便沒有什麼受不了的事啦。」在非常之人，能忍人所不能忍，才足成大器。忍在小民，則是其生存之道。到得「忍」近乎天賦，如祁家老太爺那樣，人才被環境塑造成功。

「達觀」即無不滿不平。縱有不平不滿，世故既深常識過多見事太明的人們，總是難以行動的。人類史上轟轟烈烈的大事業，從來賴有不計利害的人物造成。市民小人物與這等大事業無關。「北平人與吸慣了北平的空氣的人……是對任何人任何事都不敢伸出手去的」（《四世同堂》）。近郊農民「雖然有一輩子也不能進幾次城的」，既在

心理上「自居為北平人」，就「都很老實，講禮貌，即使餓著肚子也不敢去為非作歹」（同上）。「自居為北平人」竟有如此強大的約束力。也許正因此，市民才一向選擇俠客義士作為理想人物的？這裏亦有一種補償心理。古城仍保留有燕趙慷慨悲歌的遺風，胡同間也偶有俠義人物。市民通俗小說中這類英雄幾無篇無之，老舍作品中也常有其更世俗化的形象，以補老派市民性格之不足。雖不能至，心嚮往之。義俠之士在市民文學中，即使並非作為人格理想，也體現了行動願望，其中含有市民對於自我缺陷的意識這也不失為一種實際精神的吧。

知足方能「保和」，「保和」才足以「全生」。凡此，都是有經驗為證的。市民自覺地依著經驗，依著想明白了的道理塑造自己，塑造自己的後代。京味小說對此寫得最精彩的，如張大哥依據中庸信條對兒子的人生設計。「張大哥對於兒子的希望不大北平人對兒子的希望都不大只盼他成為下得去的，有模有樣的，有一官半職的，有家有室的，一個中等人。科長就稍嫌過了點勁，中學的教職員又嫌低一點；局子裏的科員，稅關上的辦事員，縣衙門的收發主任最遠的是通縣恰好不高不低的正合適。大學不管什麼樣的大學畢業，而後鬧個科員，名利兼收，理想的兒子。作事不要太認真，交際可得廣一些，家中有個賢內助最好是老派家庭的，認識些個字，胖胖的，會生白胖小子。」這是傳統社會小公務員、小職員的人生格局與人生理想。

節欲、自律使老派市民不貪鄙（決不會像張天翼筆下那批欲火中燒詭計百出的衙門動物那樣）。節欲與自律也使他們平庸。老舍心愛的人物往往庸常，如牛老者（《牛天賜傳》）：「……他不自傲，而是微笑著自慰：『老牛啊，你不過是如此。』」自然他不能永遠這樣，有時

候也很能要面子，擺架子。可是擺上三五分鐘，自己就覺出底氣不足，而笑著拉倒了；……假若他是條魚，他永遠不會去搶上水，而老在泥上溜著。」老舍筆下偏是這類人物叫人感到可親近。胡同社會是庸常人格的養成所。老舍對於冠曉荷、祁瑞豐一流人物的把握或失之於淺，但在有一點上卻是獨到的，即在這爛熟的文化中浸泡既久的，即使為惡也難有大氣魄。由常識、世故養不出英雄豪傑，也養不出巨奸大猾。造得出後者的，也該是更有曠野氣息的文化。

庸人社會、庸人政治亦為這種文化空氣所造成。老舍寫過因無用而成大用的庸吏；雖地位懸隔，氣息卻是與胡同相通的。老舍善寫庸常，也未必不愛他筆下的牛老者們，卻又是這庸常使他沉重。《離婚》讓你感到，「張大哥人格」作為一種文化力量，影響著整個北京人的世界。同書還以知識分子老李對於這力量的拼命抵拒，強調著其作為文化力量的強大，其對於人的滲透力與支配力。這作品，以及這以後的其它作品，出於對上述現象的焦慮，老舍把思想焦點集中在傳統人格的批判與改造上。

關於北京人的理性態度，我們由肯定面說到否定面，由積極啟示說到消極含義，仍未見得說出了其在實際生活中、實際歷史過程中的複雜性。痛快的議論，斬截有力的判斷固然動人，卻並非總能說得清楚真實的。這裏需要的，仍是一種細緻的分析與體察。烏世保當清亡之際對新現實的順適，小文夫婦、常四爺、福海在個人命運因歷史轉折而經歷劇變關頭的從容鎮定，他們的求生渴望與生存能力，畢竟是讓人敬重的。中國高度發展的農業文明與古老的城市文明，賴有這些凡庸小民而建設起來。凡庸中的智慧，軟弱中蘊有的力，順適中的自尊自愛自強這也才是北京人。

四 散淡神情

本章所談北京人各面原是不可分拆的，拆開來只是為著說的方便。比如「散淡神情」與「理性態度」。因而述說就難免於重疊。這裏所談的情態在我們也不陌生，我們已在考察北京人「生活的藝術」時瞥見了。我們只是不滿足於那限於論題的較為單純的目光，還想由這神情中讀出更多的東西，讀出其與北京人的性格諸面的更內在的聯繫而已。當然，為此再做一番審視確也是值得的。

《那五》中寫那五去訪打草繩謀生的老拳師武存忠：「那五生長在北京幾十年，真沒想到北京城裏還有這樣的地方，這樣的人家，過這樣的日子。他們說窮不窮，說富不富，既不從估衣鋪賃衣裳裝闊大爺，也不假叫苦怕人來借錢，不盛氣凌人，也不趨炎附勢。嘴上不說，心裏覺著這麼過一輩子可也舒心痛快。」

戒奢、戒貪，守分安貧；戒驕、戒諂，自尊自愛；無餘財無長物，淡泊自甘。不但是自足生態，而且有自足心境。因上述諸「戒」與這自足，即活得樸素寧靜而尊嚴。武存忠是鄧友梅提供的理想市民的形象，作者所持標準，與汪曾祺的劉心武的以至老舍的又何其相似！《鐘鼓樓》的作者欣賞小廚師對付生活的那份自信沉著，欣賞小園林工人「那種對名利的超然態度，以及那種自得其樂的生活方式」。然而以之為「某種八十年代新一代才會出現的心態」，卻並無太多的根據。傳統與現代的銜接方式本是多種多樣的，其間並無絕對分界。

如上所說，「散淡」作為心態是道德修養的結果，既得道後的內心境界，由內而外現之於眉宇間的神情意態。作為其支撐的，除上文已經說到的理性精神，克己、節欲等等之外，更有老派市民的功利

觀念。

財產，說得更白一點兒，錢，是傳統社會潔身自好的人物素所諱言的。這甚至被作為一種道德態度，賦予極嚴重的含義。「咸近士風」的北京市民人物在京味小說作者筆下，並不就染有這潔癖。北京人與寫北京人者在這一點上各有一份通脫。胡同居民是實際的，也不能不實際。他們無法像封建時代的士大夫那樣一味飄逸、清高。祁老人與其孫子祁瑞豐品性不同，卻都有「最切實際的心」。一條小羊圈，不切實際的只有錢家，在小說中被用來體現與市民人格相映照的傳統書生品格。但用筆太過，欲顯示其清高脫俗反讓人覺著矯情。倒是講實際的凡庸市民形象更易於接受。

由講求實際到追求功利，在京味小說所寫北京人這裏，並無邏輯必然性，前者意謂不空想不妄求，在實踐中還與道德自律、自足心態等關聯著。京味小說寫市民的「實際」，或也為了讓人感到，難得的是這最實際的生存中的散淡？更其難得的，又是商人的散淡。老舍筆下「老字型大小」的生意人往往意態安閒。這裏有曾在北京留連過的人們所不能忘懷的北京城「老字型大小」的特有魅力。

老綢緞莊三合祥是首舊體詩，是銅銹斑斕的古鼎，是一冊宋版或元版書。它似乎不是買賣，它只是一個回憶。「三合祥的門凳上又罩上藍呢套，錢掌櫃眼皮也不抬在那裏坐著。夥計們安靜的坐在櫃裏，有的輕輕撥弄算盤珠兒，有的徐緩的打著哈欠」（《老字型大小》）。用了現代人的眼光，小說所寫當時的新式買賣固然低俗得可怕，而如此「肅靜」的三合祥也不像買賣。卻又是這閒散肅靜，使整個商業情調見出古舊高雅，在最可能鄙俗的所在泛出一層詩意自然也是舊體詩的詩意。

　　這些人不超功利，義、利之間卻自有一份通達，並以此作成生命中的平衡。有此餘裕，才有可能講求趣味、「生活的藝術」，於日常瑣屑衣食勞碌間存留一份真情。這樣的北京人使得老北京少有暴發戶的虛驕與勢利，也鄙視這種虛驕與勢利像一個久歷世故的人，或者不如說像破落的舊家，即使破敝也仍能維持其氣度的雍容高貴。古雅的舊木器是不能以使用價值論的。這也曾經是令暴富的市儈與老牌商民自慚其形穢的文化。

　　風度教養使老派北京人「實際」而又有可能避開市儈氣。京味小說作者在其創作中，也是將市民習氣與市儈氣極其嚴格地區分開來的。正派市民不輕視商業與商人，卻對買辦氣與市儈氣有天然的嫌惡。這二氣與市民道德最不相容。因而丁約翰與冠曉荷（《四世同堂》），被其鄰人們視同異類。這卻不等於說作者們以為胡同裏沒有市儈。沒有市儈，不但不成其為北京，也不成其為其它人群、人的社會（原始部落也許是僅有的例外？）。衙門裏有小趙（《離婚》），胡同間有冠曉荷、祁瑞豐（《四世同堂》），「四海居」有小力笨，「總想揪住條龍尾巴也能跟上天去」（鄧友梅：《「四海居」軼話》）。值得注意的是，京味小說寫例外為顯出常態。小市儈是作為正派市民的襯映而存在的，市儈氣更使得正宗胡同文化見出味兒的純正。作者們對於市儈氣的敏感與嫌惡，亦出自與老派市民相通的價值感情。

　　神情散淡的北京人為他們的優雅付出了代價。

　　京味小說寫老北京人的財產觀念。「北平人的財產觀念是有房產。開鋪子是山東山西現在添上了廣東佬人們的事。」「只有吃瓦片是條安全的路」（《離婚》）。《正紅旗下》寫旗人的財產觀念：「在父親和一般的老成持重的旗人們看來，自己必須住著自己的房子，才能根

深蒂固，永遠住在北京。因作官而發了點財的人呢，『吃瓦片』是最穩定可靠的。」[8]中心思想是穩定而非贏利[9]，他們懼怕風險投資。他們的閒雅即使不是以「非功利」也是以「非競爭」為條件的。這閒雅因而顯著脆弱，神情中的那散淡也極易失去。

《清稗類鈔》「農商類」記有清代北京商人為消弭競爭而採取的極端手段，讀之令人心驚肉跳：

> 燒鍋者，北方之酒坊也。京郊有爭燒鍋者，相約曰：「請聚兩家幼兒於一處，置巨石焉。甲家令兒臥於石，則乙砍之。乙家令兒臥於石，甲砍之。如是相迴圈，有先停手不敢令兒臥者為負。」皆如約，所殺凡五小兒。乙家乃不忍復令兒臥，甲遂得直。
>
> 京師有甲乙二人，以爭牙行之利，訟數年不得決，最後彼此遣人相謂曰：「請置一鍋於室，滿貯沸油，兩家及其親族分立左右，敢以幼兒投鍋者，得永占其利。」甲之幼子方五齡，即舉手投入，遂得勝。於是甲得占牙行之利，而供子屍於神龕。後有舉爭者，輒指子臘曰：「吾家以是乃得此，果欲得者，須仿此為之。」見者莫不慘然而退。[10]

8　與這些老牌市民所見略同，祥子所謀求的財產是車，因為車是像土地一樣可靠的東西。市民在追求經濟生活的穩定、安全方面，其思路是與農民一致的。

9　傳統人格趨利避害，有時「利」即在避害（而非在實際得利）——一種奇妙的思路。這裏的歸結不在人生創造，而在保生全身。財產求穩定可靠亦出於類似邏輯：不失去即是得。推演下去，還有以失為得的那種場合，更是一種傳統謀略。

10　《清稗類鈔》農商類「爭燒鍋」、「京人爭牙行」條，第5冊，第2301-2302頁。

最多禮最講禮讓風度優雅神情散淡的北京人也會有此殘酷之舉！這裏又有京師較之別處更易於發達的帝王思想，即使商業經營中也要「定於一尊」。

《清稗類鈔》所錄不具備史料的可靠性，如上材料卻應有社會心理的真實性。上引文字間的血腥氣也令人見出「競爭」這一種事態在北京商人心目中的嚴重性。懼怕競爭，由於退守的生存哲學、「習慣」的強大力量、小生產者社會中根深蒂固的均平理想，以及和諧寧靜的審美的生活趣味。西方近現代文學中的小鎮人物也有類似心態。美國中產階級曾經把「超過別人」視為道義責任，「義」（新教倫理）之所在；胡同居民卻從來被教以知足、不爭。「夫唯不爭，故天下莫能與之爭。」「知足不辱，知止不殆。」「禍莫大於不知足，咎莫大於欲得」（《老子》）。這不只是哲學，也是經驗。老舍筆下的祥子，即吃虧在了「要強」上。蕭乾小說中的車夫則因爭強而招禍，因為他忘了這市井間的理兒：「別混得那麼孤。放開點兒想。都是憑力氣換飯吃，還是齊點兒心好呵。」這裏的「齊心」又決非職業合作。對「分」、「度」的強烈意識不鼓勵無厭求索，更不鼓勵冒險犯難。因而那種散淡安閒，又是以犧牲生命衝動、犧牲進取精神為代價的。在這種文化空氣中，「爭」非但不明智，而且不道德。

對於競爭的恐懼，當著近代商業資本大舉襲來時，不能不演成更為普遍的社會心理。北京市民比之別處更敏感於異質文化的魅影。面對外來商業文化咄咄逼人的勢頭，老北京商人中不肯或不能變通者，除了退避，惶恐，莊嚴悲愴的殉道姿態，軟弱空洞的道德義憤，別無善策，不能招架更無力還手。這因而是注定要萎落的優雅。

無論「老字型大小」在末運中的悲劇性莊嚴，還是市民社會通行

的道義原則，都不能阻擋一個競爭時代的降臨。《鐘鼓樓》裏被競爭擾得方寸全亂的戲曲演員，把目光投向鼓樓牆根下那一方平靜的老人島：「人生也真有意思，沒長大的時候，大家都差不多，一塊兒玩，一塊兒鬧；越往大長，差別就越顯，人跟人就競爭上了；可到老了的時候，瞧，就又能差不多了，又一塊兒玩，一塊兒聊⋯⋯」

聯繫於北京文化批判的意向，老舍對北京人的這一份優雅一向心情複雜。感慨於燕趙遺風的日見稀薄，與好勇鬥狠的蠻荒民族相比，太少了剛健清新的氣息，他稱這文化為「象田園詩歌一樣安靜老實的文化」（《四世同堂》）。他尤其嫌惡形似散淡的無聊。他以為那「什麼有用的事都可以不作，而什麼白費時間的事都必須作的文化」造成了「無聊的天才」。[11]散淡卻又常與無聊聯繫著。一個醫生，在病人生死關頭也不忘扯閒篇。「他的習慣是地道北平人的在任何時間都要擺出閒暇自在的樣子來，在任何急迫中先要說道些閒話兒」（《四世同堂》）。

當代作家縱然與老舍情感態度文化評估有別，也仍然看出了老派市民散淡情態中日漸濃重著的落寞。商品經濟的發展，胡同居民間經濟不平等的擴大，利欲由人性禁錮中的釋放，無情地瓦解著市民精神傳統，顛覆著他們的寧靜世界。傳統的生活藝術及其所體現的審美的人生態度，遇到了追求實惠以及追求豪奢享受的社會心理的挑戰。即使「找樂」的老市民們與他們的後代，也不再擁有與享用同一種生活藝術。對此，陳建功與劉心武的小說都有描寫。普通市民感受更直接的，是商業文化對胡同古樸人情的侵蝕，和對古老價值感情的嘲弄。《老槐樹下的小院兒》、《沒有風浪的護城河》，或深或淺地寫到了這

---

11 他尤其恨北平人的好看熱鬧，為此不惜使用了憤激的筆調。祁瑞豐之流看熱鬧時的那派安閒，有時真真是陳叔寶全無心肝。

一點。

赤裸裸的利益打算在家庭關係中造成的裂紋，是不可能在短時期內修補的。正是市民文化本身出現的破缺、傾斜，使散淡神情難以維持。天堂與地獄有時僅一步之遙。以傳統文化材料構築的過於精神性的安樂世界一旦不復存在，原本瑣屑的生活即迅速墮入鄙俗。《立體交叉橋》推出時，其中有些情景幾乎引起生理上的不適感。市民式的實際可能是一種理性，再走一步即會成為破壞市民文化最烈的東西。因而可以說，市民文化包含著對自身的破壞傾向。

當代京味小說對「散淡」的留戀，誰說不也因意識到了其在流逝中？如此脆弱的文化本應分有這種命運的，「那一天」的到來或遲或早而已。卻仍然可以指望這神情這優雅姿態重新出現在北京街頭，只是神情後面一定蘊有別樣的精神內容。

五　胡同生態與人情

北京四合院是愛好和平、耽於和諧的北京人的文化創造，是他們創造的生存—文化環境；這創造物又參與創造，與北京人共同創造著北京文化。弄堂則是生存空間狹小的上海人對於生活方式的選擇。當然，北京還有大雜院文化，反映著生存條件的匱乏和人對於物質限制的屈從。四合院卻的確是一種人生境界，有形呈現的人生境界，生動地展示著北京市民的安分、平和，彼此間的有限依存和有節制的呼應。

四合院—胡同結構，是內向封閉型的生活格局的建築形態化。瑞典人在他那本關於北京城門與城牆的書裏，談到「中國人對圍牆式構

築物的根深蒂固的信賴」。四合院的形成賴有「合」。由房舍與牆體構成的閉鎖式建築格局不但意味著內部的和合與統一，而且標示出內外關係的規範，和對於人我分際的極端注重。這裏有宗法社會的基本結構與秩序。

四合院（其間也有雜院）的連屬，即胡同。胡同造成了古舊城市最為基本的地緣關係：街坊。「街坊」遠可指同一胡同的居民，近則指相鄰數家。上述生態環境是以「家」為中心的輻射狀人際關係的依據。通常情況下，胡同間人際、家際關係也由居住遠近決定。所謂「遠親不如近鄰」，空間關係轉化為情感關係。鄰里親和感，是對宗法式家庭內向封閉狀態的最重要的補充。鄰居關係是胡同人家家族親緣關係外最基本的社會關係。西方現代社會，中國近幾年驟富的東南沿海城市，以至北京新興公寓區鄰居意識的淡薄，是以其它社會關係、社會交往形式的發達與複雜化為條件的；老派市民的基本生活世界則是單純的家庭—街坊世界，其間關係層次一目了然。

街坊這一種關係中有天然的文化平等感，這平等感又建基在生活方式的趨同，而非經濟生活的無差別性，或其它實際利益相關性。通常情況下，「街坊意識」大於階級意識。說「大於」也未必恰切，因後一種意識在市民中一向淡薄。標準如不嚴格，街坊間的組合也可算作一種「群」，準「文化共同體」。街坊關係與家庭內部關係，共同構造著胡同世界的秩序。街坊平等感固不全賴經濟上的平等，胡同中和諧的造成卻又多少由於市民生活水準的相對均衡。

胡同畢竟不同於村落。同屬於鄉土中國，北京市民社會不同於鄉村社會。像村落一樣，胡同居民也個體生存，也在有限範圍內依賴於群，也注重和洽、親密的人際關係，甚至也不尊重隱私權，缺少私人

事務與公共事務間的界限感(不與聞別人的私事只是一種個人修養、世故),胡同仍然並不因此而與村落相像,給予人的文化感受也極為不同。最根本的,是胡同沒有村落式的血緣親族關係。村落通常緣此而形成,街坊關係的締結卻多出於偶然遇合。一個村落往往是一個(或幾個)大家族,關係再親密的胡同也絕不像大家庭。因沒有上述宗法制關係的直接背景,也就沒有那樣的利害相關性。只是在這種條件下,老派市民才能保有一份矜持,把握住人際交往的嚴格尺寸,從而體現出古城的禮儀文明和北京人之為北京人的文化風度。

街坊關係的非永久性,胡同居民成分的非固定性,極大地影響到人與城的情感聯繫。我們說過北京人的以北京為鄉土,和北京的易於喚起鄉土感。但具體居住的胡同卻不可能有村落那樣的內聚力。即使老北京人,也有祖籍,有「原鄉」。他們的終老是鄉(北京),不具有鄉民之於村落那種必然性,無可選擇的命定性。因而街坊不同於村人,甚至不同於鄉親。聯結其間感情的,不是同一「父母之邦」,共有的祖宗墳塋,親情或鄉土情結,而是更抽象的文化認同感。胡同成分的流動不居,胡同居民謀生手段的多樣,行業的隔閡,都使胡同這個「群」較之村落是鬆散得多的組合。

鄉民的地緣關係,除鄰居、同村人之外,更有同鄉。且同鄉所「同」的範圍極具伸縮性。在移民文化中,「同鄉」通常更是一個被放大了若干倍的概念。市民的地緣關係既非如此,其造成的情感聯繫也不具備那樣的廣延性。

街坊關係中的和諧,是禮儀文明的成果,以極世俗的形態包含了中國人的文化心理特點。古舊城市的居民實行睦鄰外交,基於「尚

同」，追求「和合」。[12]前者是思維方式，後者是生存境界。《四世同堂》中的英國人表述其對中國式家庭關係層次的印象；「最奇怪的是這些各有不同的人還居然住在一個院子裏，還都很和睦，倒彷彿是每個人都要變，而又有個什麼大的力量使他們在變化中還不至於分裂渙散。在這奇怪的一家子裏，似乎每個人都忠於他的時代，同時又不激烈的拒絕別人的時代，他們把不同的時代糅到了一塊，像用許多味藥糅成的一個藥丸似的。他們都順從著歷史，同時又似乎抗拒著歷史。他們各有各的文化，而又彼此寬容，彼此體諒，他們都往前走又像都往後退。」這種關聯式結構，推而廣之即至街坊、鄰里。「四世同堂」是胡同裏老輩人的理想，包含其中的「和合」也被用以構造胡同秩序。

　　儘管未必總能如老舍那樣洞見隱微，鄧友梅、陳建功、劉心武都長於寫街坊關係，寫胡同間人際、家際交往方式，而且都善於呈現並醉心於「和合」這一種境界。劉心武小說中街坊關係縱有破損，有種種裂紋仍無傷於古樸，劉進元《沒有風浪的護城河》更極力烘染老街坊們的淳厚人情。有時你會覺得作者們過於珍視這一種胡同文化了。他們不忍見其破碎，不忍寫出人際關係中嚴霜般的凜冽。因而作品世界總像是更較人間為光明似的。

　　費孝通曾談到中國人的善「推」（參看《鄉土中國・差序格局》）。市民以己為中心的「推」，自然由家庭而鄰里、街坊，胡同中的文化圈即如水成岩的生成。經由認同、排異，一次次的選擇，漸有

---

12 因追求「和合」，張大哥的戒條是「寧拆七座廟，不破一門婚」。張愛玲的小說《五四遺事》寫到事關婚姻，大家「都以和事佬自居」，因為「拆散人家婚姻是傷陰騭折陽壽的」。——一種中國式的厚道與自私。

親疏，有由小而大的圈層。街坊不可選擇，「圈」卻是選擇的結果。

「推」既由一己出發，難免造出種種世故。即使親密的街坊，為了避害也不能無私。祁老人「願意搭救錢先生是出於真心，但是他絕不願因救別人而連累了自己。在一個並不十分好對付的社會中活了七十多歲，他知道什麼叫作謹慎」。農民也馴良，也有自私，但誰聽說市井間有過鄉村社會那種前仆後繼的械鬥來著？

禮儀即區分。由禮儀文明造成的胡同人情，極敏感於分寸、分際。「事兒媽」式的熱心過度是要招嫌的。街坊間的熱絡，是鄉土社會人情；講究一點人我分際，又是過熟的市民文化。也仍有例外，比如京味小說裏那些個愛管閒事、喜歡張羅、熱心（不惜越「分」）而又可愛的市民人物，《找樂》中的李忠祥和《四世同堂》裏的李四爺。此二李的熱心更在公益，這也才是其可愛處。

「近鄰比親」。上文所引《離婚》中馬老太太的那番嘮叨，就叫人從心裏向外覺著熨貼。有這關照，老李登時「覺得生活美滿多了」。他體會到了胡同生活的好處：「公寓裏沒有老太太來招呼。那是買賣，這是人情。」在適「度」守「分」之外，這又是無分城鄉普遍的鄉土人情。

即使如此，二位李大爺也未見得可稱模範市民。槓夫出身的粗人，究竟不能如張大哥似的人際應酬上分寸得宜。老派市民的教養，在使其像雲致秋，熱絡而不過分，閒談莫論人非；使其像金竹軒，深於世故，仍有其善良、熱心，「看著寇裏的青年們爭強賭勝，既不妒忌也不羨慕，凡能給人幫點忙時，他還樂於幫忙」。

「禮」用以明人我分際，使人際交往中親疏遠近各得其宜。《京華煙雲》的女主人公具備了這一種人生智慧（亦即世故）之後，才算

得上那大家族中的聰明女子。「……木蘭十四歲大，在一家喪禮客廳裏，用眼睛一掃，憑棺材後頭那些人的殯服記號兒特點，就看得出死人有多少兒子，多少女兒，多少兒媳婦，多少女婿。」《少管家前傳》中的少管家更因嫻熟於人際交往的藝術而見出儒雅風流。他「自幼就深知主人們的眉眼高低，言語輕重，且熟諳京中各宅府之間的遠近親疏，絲絡瓜葛」。這是傳統社會做人的一項大學問，得之並不容易。人情練達、「懂得場面」又敏於應對如少管家、福海者，在家際、街坊關係中，被認為「明白事兒」，「會維人兒」。老北京人極重人緣。有了「好人緣兒」幾乎是人生成功的一半。這又出於借他人眼光才足以肯定自身的文化心態。

　　上述胡同人情中即有中國傳統社會的群體性特徵。分散如市民如鄉民者的群體意識才更是一種根深蒂固的文化。本來市民生活即既封閉又彼此連結：家庭、家族式的自足單元和雜院、胡同式的群體生活格局。此外還有小手工業者、小商人的職業獨立和對行業結構的依賴。單門獨戶、職業獨立，掩蓋著個體生存的非自主性、脆弱性。北京人的下棋、遛鳥、遛彎兒，雖屬隨機組合，也是同好者的群集，即使只限於找樂的有限時間。其中又以臨時性的搭班唱戲（不同於舊時代的票戲）最具群體性質；那是非賴有「群」才能達到的個人精神滿足。更不必說「老人島」。小酒館裏的獨酌是引人注目與猜測的，被認為自然的倒是陌生酒客的對飲。舊北京的大酒缸最有群集風味，對飲或共飲中的「神聊海哨」也必得一班人的情感交流與彼此唱和。北京人的找樂，依賴於環境、氛圍，依賴於嗜此者的感應、共鳴，依賴於「群」，即使偶而聚合的群卻又正要這「偶而聚合」。大酒缸邊的苦力們神吹因彼此非知根知底，老人島上的談天說地亦因無利害相關。

非過分熟悉者之間才易於有節制的放縱，而樂亦在其中。這也是文化「爛熟」的市民的一份聰明。

親熱而又適度，群集中細心保有的距離感，適用於家庭以外的其它人際交往的場合。卻並非出於「個人主義」，而出於利害的衡量，和自我保存的需要。因而群集與「關起門來過日子」並不矛盾。群集在特殊時世也會有特殊含義，如在「文革」中。陶然亭邂逅者的遇合無寧說含著悲酸：他們在動亂歲月久經隔絕後，以此種方式使自己返回「人的世界」（《話說陶然亭》）。

我想到中國的「茶館文化」。茶館或非中國特有，在中國卻也算得上無分南北普通人群集的通俗形式。茶館文化不同於西方的沙龍文化和現代的俱樂部文化──結構與功能都不同。當然更不同於咖啡廳文化和夜總會文化。至於其中氣氛或許倒近於日本的小酒館：陌生的熟人，臨時性組合，鄉土情調，和洽而又平易的氣氛。

這種「人人之間」，這種個人與群的關係，不屬於村社文化，亦非現代都會的社區文化，更非社團文化。中國的古舊城市常有行幫組織，行業公會及幫會。但普通北京市民較之農民更有其非組織性。村落既是放大了的家族，家族組織即在一定程度上支配著鄉民的生活。胡同中的家族卻只能使用其組織力量於四合院院牆之內。《駱駝祥子》寫祥子們：「他們想不到大家須立在一塊兒，而是各走各的路，個人的希望與努力蒙住了各個人的眼，每個人都覺得赤手空拳可以成家立業，在黑暗中各自去摸索個人的路。祥子不想別人，不管別人，他只想著自己的錢與將來的成功。」《印子車的命運》（蕭乾）則寫了拉車的同行間的嫉妒、傾軋。那位受害者自己也曾頓著碗底說：「既然憑力氣換飯吃，又齊他媽什麼心！」使如此生存著的人們認識到利

益相關性比喚醒農民更難。市民中真正「利益的結合」在行會組織、幫會組織，那卻是典型宗法制的組織形式，在人身依附中犧牲了自主。其道德約束是水泊梁山式的「義」。這裏絕對不存在現代的團體意識。這類組織的嚴密性，極端排他性，又是對市民的非組織性、分散狀態的極其誇張的補充。至於幫夥之外的行業內部關係，也適用於「同行是冤家」那句俗話，並不因北京人的優雅厚道而有所不同。也是《駱駝祥子》，對於這一層的描寫最為深入。

可以與街坊鄰里和睦相處，亦不妨與善良的主人合作，車夫間卻沒有利益與共感，沒有職業的互助。這又由另一個方面解釋著街坊間的「和合」：任何利益關係都像是與這「和合」為敵。車夫間的和洽賴有利益均等，搶生意（一種競爭）意味著自外於「群」。這又是尋常的市民道德、均平理想。老舍沒有在《駱駝祥子》中表現民眾的力量。他尊重市民生活的現實。《四世同堂》第一部寫了小羊圈人分散地以個別形式表達的愛國意志，第二部關於獻鐵的那段精彩描寫則使你看到，狹隘的個人利益計較會表現為怎樣的消極力量。這是小說那一部中最有分量的章節。有組織的「民眾的力量」也可能是盲目的、破壞性的，胡同文化卻只能造出睦鄰關係的四合院和熱心厚道的單個人。擺脫了宗法家族統治、擺脫了奴隸式的人身依附關係的分散狀態，曾使市民作為社會中比農民更自由更有個人意志的部分，促成新的生產關係的萌芽；同一條件卻又阻滯了市民的現代覺醒。

對於市民性格由這一方面思考最深入的老舍，不能不因胡同居民生態，進一步探究塑造「現代國民」的文化障礙，和對市民性格進行文化改造的道路。上述思路也是民族解放戰爭提示了的。那是一個呼喚國民意識的時代，市民社會的倫理結構卻注定了不能產生現代國

民。這個社會天然地缺少的，是公益思想，國民義務觀念。由個人出發的「推」，及於家，及於街坊鄰里，其難以達到的，是「國」。這兒有歷史文化所劃定的「推」的閾限。打鼓兒的（收破爛的）程長順恨日本人，但娶妻生子畢竟比珍珠港事件切己。「他極願意明白珍珠港是什麼，和他與戰局的關係，可是他更不放心他的老婆。這時候，他覺得他的老婆比世界上任何人都更重要，生小孩比世界上任何事情都更有價值；好像世界戰爭的價值也抵不過生一個娃娃」（《四世同堂》）。即使極清醒的知識分子祁瑞宣，也苦於不能擺脫家庭倫理的束縛。他只能在家、國關係問題上旋轉不已，無法決然行動。由《駱駝祥子》開始的「個人—群」、「個人—家—國」的思考，其思路已不限在北京文化批判之內，而歸入了「人的再造」這一其時思想文化的大主題中了。

六　旗人現象

不說「旗人文化」而說「旗人現象」，是怕過於僭妄。本書的使用「北京文化」已是在誇張的意義上，教我不忍再動用類似名目。「旗人文化」，老實說，還未曾真正進入研究視野呢。我所能做的，也只是「淺嘗」而已。令人驚異的倒是對如此有價值的課題的長時期冷落。在這一方面，負有文化闡釋任務的研究界，遠沒有創作界來得敏銳。

清末筆記野史記有旗人辛亥前後的潦倒困頓，貴冑王孫竟至於有以紙蔽體者，狀極淒慘。如此命運雖經清末相當一段時間的情勢累積，對於優遊終日的膏粱子弟，仍像是一朝夕間的事，正所謂晴天霹

靂。這一頁歷史早已翻過，過分纖細的「公正論」不免書生氣。歷史祭壇上總要供奉犧牲的。有罪的與無辜的犧牲在為神享用時，想必味道沒有什麼兩樣。上述人的命運的戲劇性，本應是隨手可以揀來的現成題材，新文學史上利用這「現成」的卻並不多見。倒是張恨水的《夜深沉》，寫了貴族後裔的淪落，平民化。

我尚無力全面考察晚清到民國的市民通俗小說。就新文學看，對於這題材即使不是第一個進入，進得最為深入的也必是老舍。《四世同堂》裏有關小文夫婦的篇幅並不算多的描寫，是一種思考的極深沉有力的開端。在此之前，他將對於旗人的文化探索包藏在北京文化追究中。我以為那深藏著的，或許有最初也最基本的衝動，但明確標出仍然是意向積攢的結果；在老舍個人，更有其沉重的意義。小文不是旗人，「但是，因為爵位的關係，他差不多自然而然的便承襲了旗人的那一部文化」。由小文夫婦，他第一次寫到旗人境遇的特異性。「在滿清的末幾十年，旗人的生活好像除了吃漢人所供給的米，與花漢人供獻的銀子而外，整天整年的都消磨在生活藝術中。上自王侯，下至旗兵，他們都會唱二黃，單弦，大鼓，與時調。他們會養魚，養鳥，養狗，種花，和鬥蟋蟀。他們之中，甚至也有的寫一筆頂好的字，或畫點山水，或作些詩詞至不濟還會謅幾套相當幽默的悅耳的鼓兒詞。」「他們為什麼生在那用金子堆起來的家庭，是個謎；他們為什麼忽然變成連一塊瓦都沒有了的人，是個夢。」老舍由小文夫婦而尋繹旗人的文化性格與歷史命運，較多地寫到了詩意方面。那原不是一個適用輕嘲微諷的年頭。以遙望故園的沉痛寫粗暴蹂躪下這花一般嬌弱的文化，他渲染出的是一片淒涼的美感。

我注意到老舍在動用這蓄之已久的題材時的遊移。寫旗人遲至40

年代才正式著筆，並非偶然。《老張的哲學》中的洋車夫趙四，據小說提供的描寫，應是破落旗人，作者卻像是有意繞開了這一層；即使寫小文，也特地說明是受旗人文化影響的漢人。至於《正紅旗下》創作的中輟，及其描寫中有時略嫌過火的誇張態度，都有極曲折的心理內容。這位入世甚深的作者，很明白有關的歷史及民族問題的微妙。但他終於還是寫了。或許那一片廢墟和瓦礫間珠寶的零落反光在記憶裏閃灼得太久，是它們自個兒跳濺到作者的筆下紙上的？

　　由《四世同堂》的有關描寫敷演開去，《正紅旗下》是一次集中而深入的旗人文化省察，且企圖極大：由幾代旗人形象完整地概括旗人的歷史命運，寫出一種文化的沒落和一個民族復興的希望。他寫旗人的耽於佚樂，又寫他們的教養與稟賦；寫他們的苟安，也寫他們「使雞鳥魚蟲都與文化發生了最密切的關係」；寫那些驃悍獵手的後代的怯懦無能，卻又說「他們的生活藝術是值得寫出多少部有價值與趣味的書來的」。也如寫《四世同堂》，這兒常用複數（一般的旗人），從具體人物身上引開去，進行文化總結與概括。「二百多年積下的歷史塵垢，使一般的旗人既忘了自遣，也忘了自勵。我們創造了一種獨具風格的生活方式：有錢的真講究，沒錢的窮講究。生命就這麼沉浮在有講究的一汪死水裏。」歷史已年深月久，時世又不同於40年代，即宜用調侃是調侃而不是熱諷冷嘲，其中就含有溫情、愛，從而彌補了理性判斷的單向與徑直。但多用議論且同義反覆，也不免絮煩。這又是老舍文字的常見一病。

　　《正紅旗下》寫於 1961 至 1962 年。二十年後鄧友梅《那五》諸篇推出，曾叫那些對新文學不甚了然的讀者眼睛一亮，似乎這才發現了旗人世界。鄧友梅在其北京民俗系列小說中寫旗人形象系列（那

五、烏世保、金竹軒、索七的後人等），自然是經了深思熟慮的。這些旗人不是稀有人種，而是道地北京人。寫旗人正為了寫北京。[13]那五「是八旗子弟中最不長進的那一類人」（《尋訪「畫兒韓」》），窮極無聊的一類。其時驕時諂，時倨時恭，隨機變化，主子的靈魂中總有個奴才的靈魂，是活脫脫的一個破落戶飄零子弟，由寄生生活造就的文化性格。這一品類的旗人，卻是老舍未曾寫過的。老舍筆下的旗人總比那五尊嚴，即使落魄潦倒。這就又見出了作者間經驗與情感態度的差別。

《正紅旗下》寫旗人文化很滿，大可補有關民俗學材料之不足。在老舍本人，這作品較之前此諸作也更有明確的「展示文化」的意向和為此所需的從容心境。甚至不妨認為這小說的主人公即「風習」。小說對旗人的家庭組織、家庭關係，以至某些風俗細節（如旗俗重小姑），都有極精確的表現，訴諸認知，可與有關的史料相發明的。即使未能終篇，也仍然是迄今記述清末北京旗人家庭文化的最具民俗學價值的小說。

前面說到寫旗人是為了寫北京。幾百年的文化瀰漫與融會，到清末，旗人文化已難以由北京文化中剝出，旗人則在許多方面正是「北京人」的標本，略嫌誇張卻因而更其生動的標本。你並非總能弄得清楚滿漢之間發生的實際的文化對流的。[14]旗俗多禮，與漢文化傳統合

---

13 應當說，曹禺劇作《北京人》，寫北京人的文化性格，較不少京味小說為深刻；由北京人上溯北京猿人反思中國文化演進歷程的立意也使境界深邃。劇作沒有關於所寫舊世家是否旗籍的說明，由作品提供的情景細節看，人物至少是接受了旗人文化、價值觀念的。劇作對其間教訓意義的深沉，可補一些京味小說之不足。

14 清人福格《聽雨叢談》記八旗禮俗，每與漢族經典印證，雖不免附會，亦可見出民族間固有的文化聯繫，滿族文化中漢民族文化、價值體系的滲透。

致；旗人禮儀繁縟處則近於極端化、漫畫化，儼若北京文化、中國傳統文化的濃縮。這種濃化、極端化又使其不至全部消融在北京文化中，仍有其自己的形態。

我已經寫到了旗人在北京人「禮儀文明」中的醒目姿態，如福海、大姐一流文化爛熟的旗人對於禮儀行為的藝術化，旗人比之普通北京居民分外講究的「氣派與排場」，由旗人強化、精緻化了的北京人的「生活的藝術」，以及旗人的隨遇而安的人生態度。經了旗人形象呈現出的，是優雅與諷刺性同在的略見誇張變形的北京，與作者在別一場合所寫那個更詩意的北京互為補充。

老舍與當代京味小說作者，都傾倒於旗人中漂亮人物的優異稟賦。老舍寫小文彷彿與生俱來的那份才情：「他極聰明，除了因與書籍不十分接近而識字不多外，對什麼遊戲玩耍他都一看就成了專家。」寫福海：「論學習，他文武雙全；論文化，他是『滿漢全席』。他會騎馬射箭，會唱幾段（只是幾段）單弦牌子曲，會唱幾句（只是幾句）汪派的《文昭關》，會看點風水，會批八字兒。他知道怎麼養鴿子，養鳥，養騾子與金魚。」《煙壺》中的烏世保也如小文、福海，「天生異稟」，「天資聰明」而又「中正平和」。

懷著愛意寫旗人命運，必不至於僅僅抽繹出淺近易曉的教訓[15]，因承受那一份命運的，有如是之姿態優雅稟賦優異的人物。文化演變中文化的貶值，價值調整中價值的失落，是人類史上有普遍意義的文

---

15 然而「特權對於人的腐蝕」，確又是有關作品明白可見的「主題」。這主題本也現成。古人有「不以良田遺子孫」的說法，實在是由看多了宗法制下的悲劇而悟出的道理。旗人則重複著歷史舞臺上長演不衰的征服者被征服的故事：憑藉武力的征服之後是文化上的被征服，最後則被自身的腐敗所征服。

化主題；上述旗人現象本可以作為創作史詩性悲劇的材料。可惜的是，即使《正紅旗下》也不具備史詩品性。上述文化主題被老舍直覺到了，內外條件卻共同阻止其在更深的層面上展開。

貴族式優雅的造成賴有財富與時間（時間，即「有閒」，在這裏也是一種「財富」）。[16]財富的高度集中造成的智力集中、文化集中，曾使人類得以擁有其最輝煌宏偉的創造物無論歐洲文明的希臘、羅馬時期還是中世紀，也無論中國的先秦以至於漢、唐。那些創造物或以巨大（規模、體量）、豐厚（文化含量、智慧含量），或以精緻、優雅令人驚奇。這是在物質普遍匱乏條件下，以文化的不合理分配為前提造出的文化奇觀。社會財富的集中，智力、藝術創造力的集中，是人類前近代精英文化產生的條件。那些最有才華的旗人（包括《紅樓夢》的作者），即屬於有清一代諸種「集中」造就的文化精英。供奉藝術殿堂的，則是普遍的蒙昧。18世紀以來的民主化進程使文化分配由上述失衡走向平衡之後，人類又發現了這進程引出的消極後果。激進思想者憎恨平庸，憎恨帶有偽善色彩的「平民化」。周作人也在寫了《平民文學》後寫《貴族的與平民的》[17]，意在校正「五四」思想的偏頗。由實際歷史鑄成的世界，不可能僅僅以觀念旋轉。中世紀的貴族，即如托爾斯泰伯爵一流人物，再也不會被重複製作出來。反平

---

16 貴族式的優雅往往也由於天真。天真是貴族的財富，貴族的天真又是用財富滋養成的。使旗人貴族及其子弟得以避開市井文化中的鄙俗而保有天真的，往往是其全不知理財。欣賞這一種天真的，又是十足中國式的書生趣味。旗人的魅力在其稟賦與性情。比之富貴豪華，這才真正是其得自生活的厚賜。但無論性情還是稟賦，都不全由草原遊獵中帶來，而是在其「入主」中以經濟文化地位造成的；其中有無數小民的供奉。「烏世保本是個有慧根的人」。無衣食之憂，亦由一個方面解釋著其「慧根」之所從來。這是一份代價昂貴的「優美」。

17 收入《自己的園地》，1923年9月由北京晨報社初版印行。

庸的本意自然也非返回中世紀。

造成優雅，造出文化精英的同樣一些條件，又造成著人的部分功能退化，以至人性的荏弱。

中國人並未像俄國人或法國人的趕盡殺絕，即使對於皇帝，也只是客客氣氣地請出宮去。因而除蒙受劫奪之苦外，許多旗人的潦倒是因全無謀生本領。那精緻的文化把他們造成了某種情境中的廢物。優異稟賦本是要在正常秩序下得有相當條件才能發揮的，到了須憑一雙手掙自家的「嚼谷」時，即變得全無用處。那五說：「我不過是沾祖上一點光，自己可是不成材的，……」「溥儀的本家」金竹軒，「肩不能擔，手不能提，雖說能寫筆毛筆字，畫兩筆工筆花鳥，要指望拿這換飯吃可遠遠不夠」。他自己說：「我還有什麼特長？就會吃喝玩樂，可又吃喝玩樂不起！」八旗子弟出身的大松心，「祖上有倆臭錢，我呢？打小就懶慣了，饞慣了。幹事兒，不能累著，還得吃好的」（《沒有風浪的護城河》）。被封建社會制度化了的「蔭庇」，只能造出吃祖產的廢物。

來自曠野的民族所發生的這種變化，包含有多麼怵目驚心的文化內容！由騎射的文明到走票唱曲的文明，在這個民族，不能不是人性的萎弱。旗人貴族在其娛樂中尚挽住了一點「曠野」氣息。他們中有的人不屑於玩蟈蟈逗蛐蛐，而是豪邁地「熬鷹」放鷹。但「英雄氣概地玩鴿子和胡伯喇，威風凜凜地去捕幾隻麻雀」的大姐夫，卻是個「不會騎馬的驍騎校」仍然是人性的萎弱。他們倒是以自己民族性格的演化為漢民族文化的魅力提供了新證。[18]這裏發生著的，又是歷史

---

18 較之更為古老的楚文化、吳越文化，這草原游牧民族至少近幾百年表現出的文化性

上常演不衰的成熟的農業文明對於曠野文化的無聲的征服。一批寄生者，是沒有資格領導民族的。背負了悲劇性的歷史命運的人，自身又是歷史悲劇的原因。

旗人現象因其切近也因其戲劇性，獲取了某種寓言品格，思維定勢卻限制了進一步闡釋的可能性。這裏的「主題」是現成的，如「特權對於人的腐蝕」，如「人的再造」。由老舍到鄧友梅，呈現於作品的意義歸結，都未越出上述範圍。但你又豈能一下子說清楚近代以來歷史對於旗人的強制性改造在人性、文化意義上的得失！

「意義」的某種混沌有時偏是產生大作品的條件。《那五》、《煙壺》以至老舍的《正紅旗下》都太求明晰，為此犧牲了更深刻的直覺（尤其在老舍），而將圖景單純化了。

發生在生活中的事實是，近現代史的特殊條件清末世家子弟的飄零、平民化，以自娛性的藝術、技藝為謀生手段；民國以來愈益發達的民主思想與文化的平民化使旗人文化走出皇宮王府大宅門兒，終於成為北京市井文化中不可剝落抽取的構成部分。

「旗人現象」也不盡是一些嚴肅的教訓和沉重的悲劇。事實上，它更經常地引發喜劇感，是歷史生活提供的一份特殊的幽默。旗人貴族帶有天真意味的豪奢，至今仍被用作喜劇素材。「幽默」在於「豪奢」得天真。《四世同堂》中的小文到了靠變賣東西換米麵的時候依然天真。《那五》中的福大爺錢花得豪邁，卻決不類於上海灘上的暴發戶，看起來不像自己在揮霍，而像被奸刁之人騙了去似的，倒叫旁

格，是遠為世俗的，這由他們的習俗更由他們的生活藝術中可以察知。民族間的文化滲透，也要有其自身內在的依據，才有可能進行。

人看得心驚，為他們捏著一把汗。定大爺（《正紅旗下》）、福大爺們的豪興在衰世不啻作孽，那一派天真卻又緩和了人們的批判情緒。時間距離愈遠，這類人性表現愈具有喜劇性。因而上文說旗人現象是創作史詩性悲劇的材料恐又不確，至少以「古典悲劇」的尺度量來。這段歷史，無論其內容本身包含的荒唐怪誕，還是其賴以演出的大舞臺、大環境，都削弱著它的悲劇品性，加添著其原有的喜劇以至某種鬧劇意味。

旗人現象的幽默，還來自這些承受歷史潮水衝擊的人們現實感的嚴重缺乏，面對那些劇烈地旋轉了他們整個生活的大事件，他們臉上的那副令人不忍苛責的懵懂神情。在京味小說裏，他們往往沉醉於所曾扮演的社會角色，自我意識與現實脫榫，心理時間與歷史時間錯位。然而有時卻又正是對時世、世事的渾然不知，使他們顯得單純可喜。小文夫婦，「他們經歷了歷史的極大變動，而像嬰兒那麼無知無識的活著，他們的天真給他們帶來最大的幸福」。即使那五的混世而為世所混，不也見出秉性的天真善良？與時代脫節，對生存現實麻木，又非旗人獨有。這也是老派北京人的文化共性吧。只不過「麻木」與「渾然不知」，境界仍有差別。前者出於馴化，後者才更由性情。在人對其命運全然無能為力的時候，或者如老舍所說，「無知無識」者是有福的？

這裏呈現著傳統「樂感文化」的漫畫形態。即使衣服經常出入當鋪，即使無以打發債主子，大姐公公也總是「快活」的。作者寫到這裏，筆下半是悲憫半是愛憐。他不能認同人物的人生態度，又不能認真地憤慨，一本正經地否定。他的直覺不顧理性的警戒，把捉住了現象本身的喜劇與悲劇、幽默與沉痛纏夾糾結的複雜意味。

　　至於這一幕的結局，遠不像可能有的那麼嚴酷。這結局也是悲喜交加，嚴肅中又寓有輕鬆的。20世紀的人們究竟比中世紀明達，而「民國」之後更甚的混亂也給旗人修改形象留下了足夠的間隙。夢醒後落回現實，方知人生第一義是生存，生存須自個兒賣力氣，憑本事掙嚼谷。這也是小民的真理，剝落浮華後最樸素的生存之道。旗人文化得自「有閒」，由以之消閒到用以謀生，其間有極曲折的辛酸路。走票唱曲是「耗財買臉」，下海從藝則是操賤業、失身份（用時下方言，叫「跌份兒」）。扭轉價值體系從來比行為強制更難以忍受。烏世保由幹「玩玩鬧鬧的事、任性所為的事」，到幹「正兒八經的事」，製作內畫，燒瓷，充當技藝傳人，其間的歷史跨度、人生跨度，非親歷者不能想像其巨大。神色自然態度從容地完成這一跨越的人，精神上拯救一個民族而不自覺其所事為偉業的人，又是該當讚美的。[19]

　　老舍以久貯心底的激情讚美福海，讚美常四爺（《茶館》），讚美那些具體推進歷史轉折、使艱難歷程輕鬆化、將人生無痕地匯入時代的一代旗人。也許再不會有誰比之老舍，更能感受到此中的莊嚴性的了。他謹慎地避過了歷史評價，而放任情感在對幾個人物的刻繪裏，並希望你由他的故作輕鬆的筆調中讀出點兒「崇高」。福海在這種意向下即成為老舍筆底最合於理想的旗人形象：其由天賦聰明對時代趨

---

19 「人的再造」在40年代，被作為重要的文學主題。但無論那時還是此後，旗人的再造都另有一些意味。不同於西歐當今仍保留有爵位的「勞動貴族」，旗人是身份地位一併失去。40年代新文學中「人的再造」，指人在民族解放戰爭中的精神更新，民族性格改造；而旗人的學習謀生，自己「找飯轍」，則是其再造的初步，新生的必由之階。失去了「福蔭」，「鐵桿兒莊稼」倒了，或也是旗人的生機。不治生業固然使旗人萎縮了生存能力，近於天賦的藝術修養又使其得在沒落中以智慧貢獻於文化：被視為無用或僅以之自娛的，在另一條件下，恰是「新生」、「再造」之資。

向的判斷（「多看出一兩步棋」），以先於歷史突變的自主選擇，瀟灑漂亮地走出了旗人貴族的人生軌道。福海是旗人裏頭的「新人」，「一個順治與康熙所想像不到的旗人」。不只是歷史在強制性地重塑，旗人中得風氣之先者也自覺再造。作者力圖給你看到當歷史的輪子迎頭駛來時，那些大踏步地迎向新生活去的旗人他對於民族的深藏著的驕傲。[20]這種境界亦與 60 年代初的時代氛圍和諧。那是個鼓勵昂揚奮發、高亢激越的時代。

你不滿足於老舍的意義歸結，更不能滿足於當代小說愈見淺露的意義歸結。但你既然從作品中讀出了上述那些更豐富的東西，你就不必遺憾。使這一現象在文學中脫出固定淺近的寓言性而獲取其本應獲取的史詩面貌，還須耐心地等待。

七　再說「北京人」

我已經弄不清自己在本書中關於「北京人」有過多少次說明了，實在有點絮煩。這裏索性做一次補遺，把京味小說中所寫而不能納入上述綜合的胡同人物及非胡同人物檢閱一下，以補概括中不可免的武斷。以「例外」映照常態，也有可能引出對北京人的其它發現。

有人說過，物無所不有，人無所不為，不如是不足為京師。[21]從

---

20 具有諷刺意味的是，當著先得風氣的人物從心理到行為方式做了適應社會生活民主化的調整，中國社會卻走向了另一種專制。《茶館》即寫了對歷史生活的苦澀回味，讓你看到福海式的人物在「民國」的命運。

21 〔明〕謝肇淛：《五雜俎》：「……蓋盡人間不美之俗，不良之輩，而京師皆有之，殆古之所謂陸海者。昔人謂不如是不足為京都，其言亦近之矣。」「長安有諺語曰：天無時不風，地無處不塵，物無所不有，人無所不為。」〔清〕闕名：《燕京雜

來京師的人文景觀都比別處駁雜，京城人物也比別處更多著些個品類。北京人厚道、大度，卻有頂勢利的街坊（《煙壺》），極奸刁詭詐的科員（《離婚》）。京味小說由生活中擇取、我更由京味小說中抽象出的「理想市民」不妨視為文化模型。在出於目的性做了篩選之後，僅由上文對作品內容的歸納你也看到了，所談及的北京人任一文化行為、文化性格背後，都有與之犯沖的另一面。我們同時發現，那些個差異在別一層面的觀察中，又歸入了共同性的範疇：在文化含義上，正面與其背面貼合了。由此又產生了北京文化的有機性。自身衝突與深層同一，提供了向內核掘進的條件。如此複雜的文化現象所包含的諸多線索，還遠沒有被充分地利用過。

京味小說作者為襯映其「理想市民」型範而寫「各色人等」，又因意識到了的市民精神弱點而搜尋對立物，尋找「別樣的人們」這尤其是老舍的思路。老舍在三四十年代，始終不懈地尋找市民性格的對立物。他找到了那個社會的破壞者，如《黑白李》中的白李；找到了尚保存著鄉野氣、未為北京文化消化掉的知識分子，包括《離婚》中的老李。前者於他實在有點陌生，不像是活的人；後者又讓他失望他便把這失望也寫在了作品裏。老李是那個社會及其文化張網以待的飛蟲。迂夫子究竟沒有什麼力量，甚至不能成為「社會」這只巨大的胃袋裏一粒堅硬的石子。有可能正是經由創作中的這一番試探，倒叫作者在認識他的市民人物的同時，也看清楚了他所鍾愛的那種知識分子性格的限度。老舍比他的人物堅韌。他把尋找延伸到北京形象之外，

記》：「五雜俎云：物無所不有，人無所不為，不如是不足為京師。信然」（第129頁）。

於是有《鐵牛和病鴨》中的鐵牛，《一筒炮臺煙》裏的闞進一，《不成問題的問題》的主人公尤大興。他最終找到的仍然是知識分子；只不過不同於老李，那些人物與傳統文化較少干係，其中有的還有英美文化背景罷了。他在這些形象上強調公益心、職業道德、社會責任感和個人效能感這些傳統社會素所缺乏的精神品質。經由上述人物逼視市民社會中常見的苟且、敷衍、世故圓滑，熱衷於形式，消磨生命於禮儀應酬；未必成功的文學表現中，可能確有作者本人的認識程序。他是以「五四」及隨後的英倫三年為思想背景，依賴時代啟示了的批判眼光和得自域外的教養，發現他所由生長的那個社會的弊端的。在早期作品（如《二馬》）和寫於 1936 年的雜文中，他還直接以英國人或英國式的實業家作為中國傳統人格的反照。[22]可惜這一種思路始終不曾展開。愈到後來愈強化的對異質文化的警戒，妨礙了他在這一方向上的深入。由此也令人窺見中國知識分子在文化批判中所處的兩難境地，不失為瞭解老舍文化意識矛盾的線索。

在展示北京文化的意圖之外，老舍也寫到底層的蒙昧和由蒙昧導致的精神淪落，如《柳家大院》，如《駱駝祥子》中的車夫二強子，以及作了「末路鬼」的祥子。但這與「尋找」無關，也非為了補足北京形象。這批作品另有意圖，卻也讓人看到了非理想的北京人。

當代作家看來幾乎無須尋找：北京人到此時已成分大變。但由上

---

22 參看他的《英國人》，載1936年9月《西風》月刊第1期。當然這不妨礙他同時欣賞北京人從容優雅的風格氣度，北京生活悠閒恬適中的特殊韻味。他以北京人為參照物肯定英國人人與人之間、公與私之間關係的嚴肅不苟，又欣賞北京胡同人情的深厚與親密，儘管這種人情常常導致對公益事業、責任的犧牲和對改革者的牽累。幾乎在任何一種有關德行、人格的評價上，他的標準都是二重以至多重的。

文的敘述你應當可以看到，他們筆下的世界較之老舍的，有時像是更加純淨。國外有層出不窮的嬉皮士、雅皮士等等的「新人類」（美國），有「太陽族」、「烏鴉族」等等新族類（日本）。這是一個兒子們起勁地折騰，以與老子們更鮮明地區分開來為追求的世界，當代京味小說中卻難得看到「新北京人」。只是在有關兒子的描寫中，透露出了點兒此中消息。

京味小說中更易於見到的「別樣的人們」，是只有破壞全無建設、不屬於古老文化也不屬於現代文化的人物，如《轆轤把胡同9號》中的韓德來，以及胡同中必有的「胡同串子」、「小街油子」：胡同人物中退化的品種。還是那句話，「林子大了，什麼鳥兒都有」。串子、油子們也是一種對立物，對於正派市民、市民理想的輕薄戲弄。無論新老北京，這一流人物都是正宗胡同文化的破壞者，製造著「統一」的裂縫與破缺，同時他們自身又是那文化的畸形產物。這也許提供了切入北京文化的另外的人性角度。可惜京味小說寫來常失之溫和，所及極淺。倒是張辛欣們寫混跡市井的小市儈小痞子更能入骨。

我也許過於強調「意圖」，但這強調或不遠於老舍作品的實際。一些年來，出於某種尺度，研究界有意冷落了老舍的相當一些作品。欲揚反抑，並不利於對老舍創作成就的估價。呈現北京文化面貌，及與此有關的一系列文學選擇，是使老舍成其為老舍的東西由他與當代京味小說作者間的精神聯繫、文學聯繫這一有限範圍也得到了證明。

兩代作家間的差異，繫於他們各自人性思考的文化視野。由「五四」開啟的批判國民性，檢討、省察民族性格的思路，自然引向了廣泛的文化比較。這是力圖佔有巨大文化視野的中華民族的自我認識運動。當老舍提到「北京人」的時候，你不能忘了實際存在的這一背

景。文化比較是文化批判的背景和工具，文化比較又強化了批判傾向。非止老舍對於北京市民有過那樣嚴峻的批評態度。[23]我想，今天也仍然如此：沒有盡可能開闊的文化視界和豐富的據以比較的文化材料，也是難以說清「北京人」的吧。

八　寫人的藝術

在這個小題目下，我不打算談技術上的問題。這一方面已經談得足夠多了。我關心的仍然是創作心態、文化感情，及其與小說藝術的關係。

本書第二章說到「非激情狀態」，此後不得不一再補正。因為任何概括對於如文學創作這樣活躍的心靈狀態，都會顯得不那麼合度。閱讀中我發現，使老舍「情不自禁」的，多半是在他寫到自己心愛人物的當兒。他曾剋制不住地大聲讚美人。非激情狀態一旦衝破，失卻了均衡，散文也就轉換成了詩。他長於寫人；卻只有在這種情況下，較之技巧，所憑藉的更像是詩情，憑藉自己對於人的讚美與陶醉也仍然是既陶醉於「人」，又陶醉於對於「人」的讚美，陶醉於自己那些儼若得之神助的文句。當此之時，那些如自然流瀉的文句，使你感到作者的微醺。這通常也是他最溫潤最富於光澤的文字。人們有時卻忽略了這些，而被一些平庸之筆的炫目的反光給吸引住了。

23　如郁達夫的批評杭州人（《杭州》，《郁達夫文集》卷三，花城出版社、三聯書店香港分店1982年出版）。居杭而以苛刻態度評論杭州人，意氣未免太盛，但亦一時風氣。易君左以一部《閒話揚州》引起風波，也是那一時期的戲劇性事件。《閒話揚州》，1934年上海中華書局出版。

他讚美人的體魄。「看著那高等的車夫，他計劃著怎樣殺進他的腰去，好更顯出他的鐵扇面似的胸，與直硬的背；扭頭看看自己的肩，多麼寬，多麼威嚴！殺好了腰，再穿上肥腿的白褲，褲腳用雞腸子帶兒繫住，露出那對『出號』的大腳！」「他覺得，他就很像一棵樹，上下沒有一個地方不挺脫的」（《駱駝祥子》）。作者幾乎是溺愛著他的人物！

他讚美人的儀容姿態，無論其是雅人、俗人，以至粗人。回民金四，「他又多麼體面，多麼乾淨，多麼俐落！」（《正紅旗下》）不像是在描寫，倒像是在享受，對於人世間才有的這種美的享受。

他讚美人的體能，讚美惟人才能有的嫻熟技能。「那輛車也真是可愛，拉過了半年來的，彷彿處處都有了知覺與感情，祥子的一扭腰，一蹲腿，或一直脊背，它都就馬上應合著，給祥子以最順心的幫助，他與它之間沒有一點隔膜彆扭的地方。趕到遇上地平人少的地方，祥子可以用一隻手攏著把，微微輕響的皮輪象陣利颼的小風似的催著他跑，飛快而平穩。……」他在人物肢體的運作中找出了音樂，每一個字都下得妥帖自然。寫人對於車的感覺，人與車的「交流」，筆觸細緻而美。幾乎不能設想，還能把拉車這活計寫得更美的了。有這種讚美與陶醉，對人間對生活的那一份愛又該多麼實在多麼厚實！

他自然也讚美人的風度氣質，蓄之於內而形之於外、規定著人的格調的東西。他這麼寫落魄中的小文：「無論他是打扮著，還是隨便的穿著舊衣裳，他的風度是一致的：他沒有驕氣，也不自卑，而老是那麼從容不迫的，自自然然的，眼睛平視，走著他的不緊不慢的步子。對任何人，他都很客氣；同時，他可是決不輕於去巴結人。在街坊四鄰遇到困難，而求他幫忙的時候，他決不搖頭，而是手底下有什

麼便拿出什麼來。」他也這麼寫知識分子祁瑞宣，寫瑞宣「不知從何處學來的，或者學也不見就學得到，老是那麼溫雅自然」。說小文、瑞宣性情的「溫雅自然」，儼然如說北京。他讚美這最與古城合致的性情之美。「在他心境不好的時候，他象一片春陰，教誰也能放心不會有什麼狂風暴雨。在他快活的時候，他也只有微笑，好像是笑他自己為什麼要快活的樣子。」雍容，「自然，大雅」，溫煦，寬和，沉靜。是人的性情，也是城的性情。對於人的陶醉在其最完滿時，就這麼與對古城風雅的陶醉匯在了一處。當這種時候，讓人辨不清作者是因城而愛人，還是因人而愛城。人的美從而也就與一種文化價值聯繫在一起。

過分心愛使他忍不住評說，倒不是不自信其描寫的力量，而是剋制不住讚美的衝動。因而被他過於喜愛的人物反會有那麼點兒抽象，美的形態中呈露出美的概念。形象固然爛熟於心，概念也是因時時翻檢而早經爛熟只待一朝說出的。

小文、瑞宣的美因其合於這城的禮儀規範；高度契合使教養成為了本能，「溫雅自然」如與生俱來。沒有一絲一毫的紊亂、失調；如一曲古典音樂般的，無處不和諧，無處不熨帖。老舍所最陶醉的，是這種由內在境界到外在形態的通體的和諧。和諧的不是一肢一節，而是整個人生境界。

即使人的外在形象，令他陶醉的也是整飭的美。「他的腦門以上總是青青的，象年畫上胖娃娃的青頭皮那麼清鮮，後面梳著不松不緊的大辮子，既穩重又飄灑」（《正紅旗下》）。「我的辮子又黑又長，腦門剃得鋥光青亮，穿上帶灰鼠領子的緞子坎肩，我的確象個『人兒』！」（《我這一輩子》）絕對沒有什麼怪異、出常，只是把通用的

規範發揮到盡善盡美無可挑剔。這種美不會造成視覺興奮眼睛為之一亮。它只讓你看得舒服。「舒服」也是一種快感。

老舍批評著北京人，同時傳達著北京人由其禮儀文明中形成的審美標準，北京人對於人之為美的那一種理解。

沈從文對他的虎雛（《虎雛》）、夭夭（《長河》）、翠翠（《邊城》）們，也有一種近於父性的溺愛。他欣賞的是人物無知無識順適自然的黃麂似的生動跳脫處，寫來則如沅水辰水般流動，山間草木般鮮活。如果說沈從文所尊奉的神是「自然」，未為任何城市文明、人為設計污染過的自然，老舍無論宣告與否，他所傾倒的，都是嫻熟到令人不覺其為人工的人工，由成熟的文化造就的人的成熟的魅力。我們又在這裏遇到了城與人，作者與城的精神聯繫。

作為訓練有素的小說家，成熟的北京人，老舍的文化—審美價值系統無所不在。他的文字也像他所欣賞的人物形貌那樣整飭，難有蒙茸的美感；對所寫人物的由衷喜愛則作為補救進入語言，使尋常描寫泛出極清新的味兒。你最覺真切處，其實是誇張變形的。情感啟動了感覺，使作者也使你發生了為審美所必要的錯覺，以為所寫比之真實更真實。《四世同堂》裏既有江湖氣又有市井氣的金三爺接濟落難的女兒、親家，「他須把錢花在亮颺的地方」，「他的錢象舞臺上的名角似的，非敲敲鑼鼓是不會出來的」。「約摸著她手中沒了錢，他才把兩三塊錢放在親家的床上，高聲的彷彿對全世界廣播似的告訴姑娘：『錢放在床上啦！』」寫人的精確生動與文字的洗煉省儉，也許無過於此了。因了那愛，把人物的精明、虛榮寫得有多麼天真！[24]

---

24 老舍對庸常人物含著溺愛，市民中的漂亮角色卻使他興奮。寫前者筆下十足親切，

　　在創作中，全然不動聲色是一種藝術，愛也是一種藝術。你可以條分縷析地展列京味小說作者的技巧，卻怎能說得清楚他們在多大程度上以其對所寫人物的愛，使筆下世界脫出了鄙俗，在維持美感的同時維護了一種文化感情，以美感節制化俗為雅，減卻了市井形象中的市井氣的呢！在這種意義上，對於對象的讚美與陶醉也自有風格意義，是京味小說成其為京味，從而區分於其它「市井小說」的條件。

寫後者則往往有神來之筆，文字與人物一併悅目。江湖中人離知識分子文化圈更遠，也更易見出性情。在市民的平淡生存中看這等人物，亦如對人間勝景的吧。老舍想必也感染了市民們的這一種嚮慕之情？

城與文學城與文學

一　尋找城市

　　「尋找城市」聽起來很像「騎驢找驢」，但我說這個絲毫不意含奚落。這是一個時期以來相當一些藝術家（不只是文學作者）極認真、鄭重的意向與行動。他們又的確是在「騎驢找驢」：不是由鄉村出發去尋找城市，像社會轉型期的離土農民那樣，而是在城市中尋找城市。

　　城市第一次對自己的城市性質萌生了懷疑。

　　經由那批青年藝術家表達出的狐疑不定的城市自我意識，也許更是城市現代化的確證。這通常屬於那類歷史契機固有的、早已有之的一切失去了文化自信，開始重新思索其文化含義，估量其文化價值，尋找其在新的文化座標上的位置；真正生氣勃勃的文化重構於是乎開始。尋找城市的藝術家們首先聽到了大變動的坼裂聲。他們的尋找意義、價值、位置，以其焦灼不寧，給人以新的藝術形式、新的美學原則在母腹中躁動的消息。

　　文學藝術的尋找城市，生動地傳達著一種文化期待，對於中國的城市化、城市現代化的文化期待。他們所尋找的無寧說是現代人、城市的現代性格。鄉土中國的人們聽慣了關於城市罪惡的傳說，習慣了關於城與鄉道德善惡兩極分佈的議論，祖輩世代適應了鄉村式、田園

式的寧和單純，他們從不曾像今天這樣期待過城市。城市以陌生文化
在青年人中的風靡，鄉村則以農民向城市的湧入表達這種期待。文學
藝術的期待與尋找另有它自己特殊的背景，即這個星球20世紀以來
城市藝術的空前發展，和有關的美學理論構成的強大衝擊波。並非什
麼「新潮」都出於行情。城市文學興起的背後，是世界大都會所擁有
的文化優勢，和世界文化大環境中地區文學間的交叉影響：一切都很
自然。

「尋找」的是尚未充分呈現、完整呈現的東西，這東西又決非海
市蜃樓。尋找同時向著尋找者自身，以心理調適尋求與正在呈現中的
文化的適應。尋求的急切與生活變動緩慢之間的反差，難免會令人感
到「意識超前」[1]，有關城市的描述有時會脫節於城市實際。輸入的
文化、文學練敏了文學家與批評家的城市感覺，「城市感覺」卻找不
到恰合尺寸的對象；對於「現代城市文學」，一切條件都似已成熟，
只是城市本身還遲遲不肯出現。這頗有點滑稽，也是一種轉型期的喜
劇性現象。

不是經由經驗材料歸納，而是以引進的理論向生活索取對應，理
論熱情壓倒了對經驗事實的熱情，所傳達的無寧說更是渴望變革的情
緒：如果沒有一種「城市意識」，不妨把它製造出來！

具有諷刺意味的是，當著評論家們熱心地談論城市快節奏時，國
外報紙報導說：「上海大多數人都感覺到，這個城市的節奏在減慢，

---

1 一方面，是城市意識超前與城市期待，另一方面，切切實實的城市化進程未必進入
了文學視野，如本書反覆提到的北京四合院、胡同的代之以公寓大樓。我們看到的
是西歐北美城市化的結果而忽略了過程。

而不是在加快。」[2]率先活躍起來的城市意識、城市感覺，也許只是在文學藝術中收穫了它們最理想的果實，即蓬蓬勃勃的城市想像，以及由城市文化變動刺激了的文學形式（結構—語言）創造。形態（城市與文學）不定正足以造成張力。悠長的文學傳統，「五四」新文學以來雖不算悠長卻也已十足強大的傳統，有待更其強大的文化、文學衝擊才可能更生。焦灼的等待激發幻想，「尋找」無論在思想者還是創造者，都是越出常規收穫意外成果的必要狀態。

當代城市藝術就是這樣因城市現代化的不足，而成為最富於想像力的藝術。你可以想到聳人聽聞的「八五美術新潮」。種種前衛美術群體無論在理論還是實踐上，都比同期城市文學走得更遠，也更無所忌憚。美術評論家談及在此期間青年畫家的創作時認為，「在這種現象後面隱含著一個實質性的因素，那就是形式的突破有觀念的內在動力。節奏、運動、構成和對比強烈的色彩實際上是體現了一種勃興的都市意識」。[3]

城市化是一種過程。發達國家非即處於這一過程的終端，它們不過在某些方面處於這一過程的較高層次罷了。西歐城市模式也未必能搬用於中土而不加修改。這種認識可能利於大大擴張城市文化視界，「城市文學」的概念也會相應地充實其內容的吧。倘若所等待的只是理想範型，城市的標準（西歐標準？北美標準？）形態，那等待怕是要無盡期的。「現代城市」在古舊城市中，甚至在文化變動著的

---

2 美國《華盛頓郵報》1988年2月7日。陳沖小說《超群出眾之輩》中的人物想道：「上海變了。它倒退了，萎縮了，直到今天還沒有完全找回它一度失去的自我。他指的不僅是城市的外貌或規模，更多地還是指它的……都會意識。」

3 易英：《走向縱深》，載《中國美術報》1986年第23期。

鄉村中。

　　當代臺灣文學寫到臺灣城市間文化層次、文化色調的不同。即使到了70年代，臺灣的中部城市，比之臺北也另有一種風味，令人可以慨歎：「哦，中部，悠閒緩慢的節拍，……」（黃凡：《大時代》）蘇偉貞的《紅顏已老》寫人物細細品出的臺北與臺南情調上的差異：「臺南的夜，靜得和臺北不同，臺北是死寂，有股英雄末路的味道，因為白天太炫眼；臺南卻是寧靜，是一場晝、夜爭奪戰贏回自我後的滿足，甘心地躺在大地懷中，而沒有其它欲望，偎著它也能感染一份平和，……」臺南應是相對於臺北的鄉村，以其鄉村氛圍撫慰著倦遊歸來者的靈魂。張系國的《棋王》寫臺北巨廈間夾著小小的廟，無聲地播散著一點古文化的溫馨；蘇偉貞則寫「廟寺幾乎是臺南古老文化中的一環，矗立在生活中到處可見」。是這樣的都市裏的村莊與田園式的城市。[4]

　　城市文化的建構狀態也因而是近於「永遠」的狀態：注定了「永遠」的城鄉文化共生、互滲，注定了「純粹狀態」的不可能存在，而只是理論上的設定。「純粹城市」即無城市城鄉分界的最終消失。在

---

4 於梨華的《又見棕櫚又見棕櫚》寫了臺北街頭風味猶在的「吃的文化」，這城市中尚有存留的鄉土情調，也寫了「新潮」中時尚的淺薄和經濟起飛後城市彌散的暴發戶氣息，類似於施叔青小說人物由香港感受到的如錦繁華中的「傖俗」。《傳家的兒女們》寫如曼記憶裏的臺北，「還是臺北的少女時代，一份清秀，一份羞怯，一份恬靜的甜」。而今歸來，「臺北是個成熟的女人了，但珠光寶氣、塗紅抹綠卻掩沒了成熟女子動人的韻味」。差異感中又有歸來者的特有心態。少女總歸要成熟的，一段時間裏的傖俗或也不可免。歸來者固然可以理直氣壯地向北京索要早年間喝過的那一種味道的豆汁兒，向臺北搜尋其少女時代的「清秀」與「羞怯」，北京市民口味的改變、臺北的濃妝艷抹卻出於普遍需求而自有其道理。城市不會穩定在某一形態上持久不變，「本土文化」更不必是也不可能是永遠依舊，供人觀賞、把玩的古董。

可以預見的未來，只能看到因依、共存，更不消說世界鄉村與世界城市的勢必極為漫長的共存：未來比過去更漫長。或許那期盼與等待倒是一種現代心態？期待與尋找使得精神空虛而又充實，加劇著又緩解著現代人的焦灼。

也將不會有為所有人認可的現代城市模型。在現實中國，「十足城市」的不能不是狹小城市的，比之胡同更為狹小的城市的。也許先要承認文化多元，承認有被分割了的屬於不同人的城市，有不同人的千差萬別的城市印象、城市感覺、城市節奏，才能說得清楚所謂「城市」這玩藝兒的吧。「心理時間」、「心理空間」的概念當初引入時，曾被用來擴大傳統的「真實性」理解。一部分人的心理緊張（他們自己的心理節奏加快）也是一種真實，或許恰好由緩慢變動中的那點變動造成。轉型期、變革期總有首先被拋入渦流的人們。以城市為文化統一體的概念至少應當暫時拋開，而習慣於「你的城市」與「我的城市」。它們都是城市；更確切地說，是城市中的城市。

有趣的還有，上述期待與尋找只是一種當代現象。新文學史上也有其城市文學，卻像是順理成章，自然而然，不立名目，沒有理論宣導，沒有宣言，也沒有批評界的一哄而上。那只是選材問題。或許第一因當時文壇的主要關切在鄉村。即使足未履鄉村者也遠遠地打城市跂望著鄉村。第二也因大革命後作家麇集上海，相當一些作家都會化了。在飽吸都會空氣的人們，「城市」不假外求，也沒有什麼特別：它是他們的生存方式。第三，也是更重要的，即當時被認為的「時代主題」是鄉村破產與民族工商業的危境，沒有如目下的城市化、現代化的聲勢浩大的進程提供一種文化眼光，使城市作為對象特殊化，蒙受全新的文化審視與估量。「城市」與「鄉村」作為文化概念，往往

是在較為單純的意義上被文學運用的。

除此之外，不免令人百感交集的，還有城市本身文化含義的變化。幾十年間，因典型都會文化的解體，上海鄉村化了。都會的上海重又陌生。這才使得城市意識像是非「無中生有」，賴有外來理論才足以生成。這也是歷史的一點諷刺，內中透著點辛辣的。

最後不妨承認，對於城市意識的呼喚，其真正動人之處，在於其中那脫出鄉土中國、脫出傳統眼界的掙扎。這也是這個時期最激動人心的精神渴求，使得城市期待、城市尋找中充滿了新時期的歷史感與文化熱情。

二 「城市」在新文學中

「五四」新文學在 30 年代就有了較為成熟的「城市小說」，即使當時未標舉名目，缺乏理論研究，此後也遲遲未得到文學史的描述。屬於新文學的城市文學，包括了某些有定評的著名作品（如茅盾的《子夜》），另有一些作品也應置於這一流程中作這一種眼光的估量。上述城市文學，是現代史上城市的發展、異質文化的植入、人們城市感覺及感覺方式的豐富、城市美感的發現、城市表現藝術的引進、累積的自然結果，且與同期寫鄉村的作品互為襯映、呼應（如題材方面工人罷工與農民暴動，城市工商業的艱難掙扎與鄉村破產等等），構成較為完整的新文學發展輪廓。

30 年代上海在當時中國的特殊地位，它與周圍世界的巨大反差，提供了北京所不能提供的對文學想像的刺激。最敏感的仍然是詩。事後被歸入「印象派」的詩作，不乏陌生的城市意象與都會幻

覺。同一時期的美術新潮（雖然不久即告消退）也既呼吸著世界藝術的空氣又呼吸著上海的特有氣息。[5]在史的回顧中，你首先注意到的卻可能是，一時會聚上海的作家，儘管大多感染了得自這城市的興奮，然而一旦落筆，他們所傳達的，多半是那一時期的流行見解。「都市文明批判」的鮮明傾向，使得一批作者集注目光於機器大生產對於勞動的榨取和工廠區的非人生活。大工廠在他們那裏激起的，遠不是礦山在路翎那裏激起過的浪漫熱情。陌生的、非常態的、代表著物對於人的統治的冷冰冰無人性的力量，只能喚起異己感。他們也不復能有黃遵憲面對西方物質文化時的驚喜。清末到二三十年代不太長的歲月中的歷史苦難，似乎已足以使人如千年老樹，因久歷滄桑而疑慮重重了。

新文學作者除青年郭沫若外，很少有人如本世紀初未來派藝術家那樣，樂於感受現代工業文明的「速度」與「力」那一種美。他們禮贊的力，多半是所謂的「原始強力」，而決不是由機器、巨大建築等所顯示的力。路翎在這方面是少有的例外。但他筆下的形象並不包含富於現代意味的文化評價。[6]那些礦山與其說代表城市，無寧說象徵著曠野，作為人的氣魄的外在顯現的曠野。即使如此，其中的動感，對於醜的大膽逼視，仍然以不清晰的形態含著陌生的情趣與文化信

---

5 三四十年代一批赴歐、日學畫歸國的畫家組織的前衛美術團體如「決瀾社」、「中華獨立美協」等，把印象派、後印象派、野獸派、超現實主義派的繪畫語言介紹到中國（亦稱「新派畫」）。這些現代藝術團體主要活動在上海。

6 路翎寫工礦，並不著眼於特定環境中人的文化性格，甚至也不特別注重人的階級特質（儘管他描寫了這一點）。他仍然關心著人性中的普遍方面，人的雄強與柔弱，人性自身各種傾向間的衝突，人對於他人、對於自身弱點的勝利，人的強大及其力量的限度等等。當然，他不是白白地或隨意地把人安置在煙囪、傳送帶的粗野雄放的輪廓間。他也確實寫到了大工業對於人性的作用，人與環境間的聯繫。

息。上海作家面對的不是曠野，而是實實在在的大工廠、機器大生產。當著剛剛有可能接納速度與力時，社會的黑暗使他們陷入了另外的憂慮。新文學作者敏於感受的，是另一種力與運動的美不是機器大生產，而是社會革命。以這種文學選擇與審美傾向，他們不可能與同一時期的西方現代派文學，而只能與「紅色的30年代」國外革命文學趨近。

在階級壓迫、經濟剝削的殘酷事實面前，在激越的革命情緒中，他們無意於把工廠、機器視為一種文化力量，足以改造人的思想與行為方式的力量，他們關心的更是其明顯後果：血汗勞動與勞資衝突的加劇。他們也看到了機器大生產對於人的巨大的組織作用，儘管對此僅止由階級鬥爭的方面而未由更廣闊的文化方面估量。同樣，他們興奮於上述生產方式對於先進階級階級意識的訓練，卻不大可能想到其對於人格的模塑。處在與北京迥不相像的文化環境中，他們也像寫北京的老舍那樣，由這都會摘取的，通常是其最刺目的形象，霓虹燈，都會櫥窗中那些花裏胡哨的消費品，並像老舍那樣現出一副緊張神情。都會文化在這種眼界中，被表象化淺層化了看「城裏人」看城市的，有時仍然是鄉下人的眼睛。新文學者確也習慣於由鄉村反觀城市，寫農民感覺中的城市。即使沒有西方先鋒派的那種孤獨感、陌生感，他們所寫也是異己的城市。

以「五光十色」的商店櫥窗和「燈紅酒綠」的舞廳、夜總會來標誌的上海文化，固然十足感性，充滿色彩，包含其中的文化認識卻不能不是浮面的。鄉土社會長期形成的價值—道德尺度，對異質文化的警戒與抗拒，阻滯了文學透入都會文化的深層，而當作家們面對鄉村時，很容易地就做到了這一點。

　　都會一時籠罩在摩天大樓的陰影中，顯得深不可測。文學有時就在這「陌生」面前停住了。批判意識的過分張揚，也妨礙了作家們把握都會在建構中國新文化（儘管這個詞在當時說得那樣響亮）中的作用。這要求洞見未來。中國經濟的極度落後，不利於達到這樣一種洞見。在一些作品裏，工廠（這是被寫得最多的「城市」）像是城市中的隔離帶，其中聚集著與霓虹燈光影下的「都市男女」全然不同而且全然無干的人群。這些衣衫襤褸汗水淋漓的機器的奴隸，被作為對都市文明的直接控訴。他們的苦難遮蔽了一切，使得整個「上海」都灰黯無光。

　　正是在這種文學背景上，過後被稱之為「新感覺派」的那一小批上海文人，突破了習慣眼光與文學模式。即使模仿以至抄襲都有其合理性在引進一種美感形式如此艱難的中國。它的浮華，它的不倫不類，它與主流文學的不協調，在另一種眼光的審視中，也許正適應了文學發展的某種需要。然而當這種需要尚未明確化的時候，它又只能被看作洋場闊少厭食了西餐大菜時的嘔吐，看作文字遊戲，看做空虛、無聊、墮落。以至在幾十年後文學以突發的熱情重又注視城市，手忙腳亂地向異域搜索城市表現藝術時，它也只能經由文物發掘而被新一代的作家們認識。令人苦笑的是，即使這一些被自己時代的文壇視為異類的作者，也在其城市形象中塞滿了「五光十色」與「燈紅酒綠」，證明著他們面對那種文化時與同時代人相似的新奇感。他們也不盡是這種文化的產物。他們中有的人不過憑藉了地利得以在這文化中浮游而已。只是在與當代作家的比較中，他們才更像是都會動物，十足「都會風」的城市人。

　　二三十年代寫城市可以稱之為「城市文學」的，決不止於新感覺

派諸作。應當公正地說，茅盾《蝕》三部曲中的《幻滅》與《追求》
（尤其《追求》），他的《子夜》，在當時是更成熟更有功力的城市文
學作品。茅盾比同代人更敏於感受都市活力（是如此富於感性魅力的
都市！），以更強健有力的姿態接納陌生的文化信息。他的城市文化
意識集中體現在一組都市女性的形象上。這裏集中了當時只能屬於上
海的城市「性文化」、舞廳文化，消費與享樂的城市文明，以及同樣
屬於上海的青春氣息、革命情緒。一時被膚淺化了（即使在新感覺派
的某些作品裏也如此）的舞廳，在茅盾作品裏，才真正是一種訴諸人
性的文化力量。他由人性深度所達到的都會文化深度，是穆時英輩無
力企及的。茅盾這一方面的貢獻也同樣沒有受到充分的重視，至少沒
有得到由「這一方面」的重視。文學史的面目常要借諸歷史新機運才
得以呈現。[7]

　　茅盾之外，居滬作家的作品中大多有一角城市，容納著他們各自
的城市經驗，以至雜色紛披，難以盡數展列。只不過那些作品未必都
可稱「城市文學」，或作為城市文學未見得都成熟罷了。到40年代，
張愛玲寫中產階級與上流社會的上海與香港，寫出了一派潑辣的生
氣，尤以寫婚姻愛情關係表現出遠較新感覺派諸人為深入的文化透
視。那潑辣生動的感覺本身就是屬於城市的，藝術形式、方法則在極
其靈活的運用中與內容相諧，作為城市小說，至今也未見得在藝術上
被超越。大致同一時期徐的《風蕭蕭》等，寫上海上流社交界生活，

7　茅盾的城市感覺固然受制於上海這一特定城市的氛圍，也受制於歐洲文學提供的文
　　學模型，比如左拉、巴爾扎克的作品。這影響到他對於印象的整合方式，他以什麼
　　為中軸組織感性材料，完成他筆下世界的統一。這個世界是以西歐某種「文學城
　　市」為參照構築的。

以所寫人物的高雅與生活色彩的華貴，展示了為一般新文學作者所不能觸及的高等華人的上海；作為城市小說（且是長篇），顯示了相當的藝術實力。

新文學作者自有其為當代作家未能佔有的優勢，即知識根柢的深厚與經驗範圍的廣闊。由亭子間，到工廠區，到寓居上海的舊式家族，透著俗氣的中產階級、小市民，到舞廳酒吧，到跑狗場、郊外別墅，他們各依其經驗範圍，幾乎寫遍了上海的所有角落。單個作品固然各有限度，略加整合即是相當完整的城市形象，大都會形象。這種文學實力，怕是今天的滬上作家尚未具備的吧。至於創作方法、風格的由寫實、浪漫到現代主義，樣式的詩、劇作與小說，正可謂之「洋洋大觀」。倘若把新文學至今作為一個相對完整的時段進行連續考察，我們的城市文學遠不貧瘠，更無須從頭開始。

為了接續中斷了的進程，有必要留意新文學史上城市文學的薄弱面。比如道德化的傾向。關於城市的罪惡感不限於階級對立的場合。城市文化批判中的道德眼光（這種眼光今天也仍不陌生）相當程度上來自鄉土社會培育的道德感情，比如對「欲」（情慾、財產貪欲）的嫌惡。城市對於財富的追求與炫耀，城市中較為放縱的兩性關係（物欲與淫欲），在在傷害著知識者纖敏的道德感。這些最刺目的事實不能不阻塞文化探究的深入和對於城市的審美發現。[8] 和「城市與惡」的命題相關，是「城市與醜」。「美善統一」的審美意識依其邏輯窺看城市，看到的是情慾的醜惡，都會特有的髒文化審視縮小其目光為道

---

8 也許，真正熟於城市，才能不把人的境遇歸結為諸如「城市罪惡」一類道德主題，而歸結為人性與更為普遍的人類處境。極城市而後有可能超越城市，使城市思考與更廣闊的文化思考空間相接。

德審視。當然，對於都市社會的「丑」的發現，也應屬於人類發展了的審美能力，傳統眼界、傳統標準卻不能不貶低著上述發現的價值。

新感覺派作家在述說城市罪惡時，所使用的調子與同時期其它作家並無不同，只不過他們另一時又會表現出對「罪惡」的炫耀和沉醉罷了。穆時英《上海的狐步舞》劈頭第一行，是：「上海。造在地獄上面的天堂！」

同篇一邊渲染都會的肉的氣息，一邊為都市罪惡而顫慄不已。

> 跑馬廳屋頂上，風針上的金馬向著紅月亮撒開了四蹄。在那片大草地的四周氾濫著光的海，罪惡的海浪，慕爾堂浸在黑暗裏，跪著，在替這些下地獄的男女祈禱，大世界的塔尖拒絕了懺悔，驕傲地瞧著這位迂牧師，放射著一圈圈的燈光。

這幾代知識者沒有被歐戰以來糾纏著歐美作家、知識分子的夢魘所困擾，作為中國人，他們那裏沒有哲學的危機。他們甚至壓根兒不關心哲學。他們也寫到都市病，文明病，但病象單純病因明確。縱然在城市感受的紛亂駁雜中，作為新文學作者，他們的視象依然明晰，他們筆下的世界依舊疆界分明，易於認知，便於訴諸明確的道德與審美判斷。即使被歸為「新感覺派」的幾位作者，在搬來域外的文學形式技巧時，也不曾一併搬來其哲學背景。因而透過新異炫目的外殼可以觸到的，是中國知識者的靈魂。那種形式、技巧是發現和負載「困惑」的；這些作者也寫困惑，往往只繫於兩性間的交涉，其間同樣沒有使這困惑成其為普遍體驗的哲學。只是在上述意義上才可以說，「城市從來沒有為中國現代作家提供像陀斯妥也夫斯基在彼得堡或喬

依斯在都柏林所找到的哲學體系。從來沒有像支配西方現代派文學那樣支配中國文學的想像力」。[9]未曾經歷結構性變動的中國社會勢必拒納現代派文學的意識內涵。[10]只有到了生活變動、文化變動深刻而又廣泛，形式才不只是包裝紙而緊緊擁抱其本有的內容，形式本身的意味也才能充分被感知。

既然是文學而非道德論綱，作者對於生活的真切感覺仍會透過情節層面顯現出來。在新文學作者描寫城市的誇張態度中，已經有他們的驚訝與興奮。無論如何，他們被這陌生景觀震動了。他們熟悉的鄉村是令心靈寧靜的，城市卻是一種震撼，一種被抗拒著的強大吸引。這些作品（包括一些藝術上並不成功的作品）不同程度地迸濺出富於生氣的美感力量，即使對於醜、罪惡的描寫也充滿力量感，從而與傳統藝術不同境界。感覺出離了觀念的束縛，尋覓著屬於自己的城市。茅盾以其精力彌滿活力四溢強健壯碩的女性形象傳達出他所感受到的蓬蓬勃勃的都會氣息，和對鄉土社會、傳統文化（尤其傳統倫理意識）因憑藉了都市而頓見強盛的批判情緒。你感到茅盾本人正屬於這都會，這個千奇百怪但蓬勃健旺的都會，惟此世界才足以強有力地刺激他的創作欲。魯迅的移居上海，也應有都會生機的吸引的吧。他清醒地知道自己選擇的是什麼，知道那生機也由喧囂騷動，由醜、邪惡

9　〔美〕李歐梵：《論中國現代小說》，《中國現代文學研究叢刊》1985年第3期。

10　〔澳大利亞〕麥克杜戈爾：《中國新文學與「先鋒派」文學理論》：「這裏還有一個問題，即新文學運動就其性質而言，究竟完全還是部分地可看作是先鋒派運動。……特徵最明顯的是中國不存在虛無主義。儘管新文學運動有強烈的反傳統精神，但中國並不存在像達達主義那樣的反文化運動，甚至也不存在激進的未來派。」（《中國現代文學研究叢刊》1985年第3期）

等等釀成。[11]

在新時期大舉鋪展城市文學創作時，以文學史的回顧尋求參照肯定是有益的。應當說，如此自覺、明確的城市文學意識，才是真正的當代現象；如此大舉宣導、討論，也只能發生在新時期。這除了城鄉文化結構的調整外，另有中國知識分子意識結構的相應調整作為背景。我們不能一下子要求得太多，城市與文學都須準備。為「五四」新文學不能比擬的是，這「準備」在當下是多學科同時並進的。正如我在談到當代京味小說的創作背景時已說過的，文學憑藉了城市改革的勢頭和多種學科對於城市的研究熱情，正所謂得天獨厚。兩個時期的城市文學有些現象極其相似，比如對於視覺刺激的超乎必要的反應，為此把城市櫥窗當作了城市本體。這也合於人認識世界的正常秩序。現代城市確也充滿著視覺刺激，煽動著視覺興奮。當著中國仍未脫出鄉土中國時，全然脫出鄉下人的城市眼光是不可能的，城市也許得有這一種眼光的打量才成其為城市。城市只存在於城鄉分工的意義上。城市須借鄉下人的經驗才能充分肯定自身。所有這些，都很正常。

三 城市文化兩極：上海與北京

你由上文的敘述已看到了「上海形象」在新文學城市文學中的顯赫位置。新文學者的將上海作為相對於北京的文化極地，或多或少出

---

11 都市與新形式解放了感性（審美），也解放了情慾（道德），你在文學中感到的卻是緊張而非心理的舒張。這又提醒著上海在當時作為文化孤島的現實。政治對抗的壓力之外，更有城市文化圈外浩如瀚海的鄉土文化的壓力。即使在「孤島時期」之前，俯臨江南古舊城鎮鄉村之上的大上海，已孤懸鄉土社會之上如「島」一般了。

於鄉下人見識。當初北京及其它古舊城市的看上海，想必如同舊貴族的看暴發戶，舊世家的看新富新貴，鄙夷而又豔羨的吧。上海的珠光寶氣在這種眼光中越發明耀得刺眼，「極地」認識中不免含有了若干誇張。上海與北京的相對距離在更寬闊的文化視界中會大大縮短，其間的文化疆域說不定就部分地消融在了文化混雜之中。但在三四十年代，上海又的確是北京的對極，其「極態」決非全出於誇張更非虛構。使它們處於兩極的，是當時中國人依據其經驗所能想出的惟一坐標系，正如北京城內的老綢緞莊「三合祥」只能把對門的「正香村」作為敵國、對手（老舍：《老字型大小》）。豈止現代與非現代，即使城、鄉的座標位置又何嘗易於確認呢！於是上海與北京被分別作成外延大於內涵的概念，文化學的名詞術語。這裏尚未計及它們在普通人那裏的情感屬性和它們因文學藝術的加工製作而引發想像、聯想的豐富無比的審美品性。

40年代，中國知識分子曾用上海作為尺規量度美國（這是他們最便於取用的尺規），在那裏看到「千百個大上海，小上海」[12]，適足以顯示其為道地鄉土中國人。至今偏僻鄉村仍有那裏的「小上海」為標準上海人所不屑的繁華集鎮。王蒙的《在伊犁》還寫到邊疆民族對上海的崇拜：上海是他們珍愛的小商品，更是一種生活理想。

用了上海量西洋，同時大上海也在心理上「非中國化」了。「霞飛路，從歐洲移植過來的街道」（穆時英：《夜總會裏的五個人》）。這是站在中國具體可見的歐美文化模式，因而才被理所當然地作為量具。曾經充當「國際城市」的歷史，也如歐洲舊貴族的爵位，至今還

---

12 費孝通：《美國與美國人》第3頁，三聯書店1985年8月第1版。

是身份高貴的證明，鼓勵著上海人的優越感。即使在三四十年代，
「上海自豪」（這並非那一時期知識界普遍的感情傾向）中也少有鄉
土感。人們最難以接受的，是摩天大樓、交易所、跑狗場之作為「中
國」。也因而，較之北京，上海是更便於借助工業社會通用的文化編
碼讀解的文本。除克利斯多福・紐的《上海》外，出諸日本作家之手
的，有丸山昇的《上海物語》，橫光利一的長篇小說《上海》。如果英
美作家寫上海無意間找尋著熟識的文化模式，那麼當時的日本作家到
上海卻是為了感受歐美文化的「啟發」的。[13]尚未聞有一本題作「北
京」的長篇小說出諸歐美作家之手。即使如克利斯多福・紐居滬那樣
有居京數十年的閱歷，也未必敢自信能讀解得了北京的吧。

　　上海這一極地在 30 年代，曾經怎樣地剌激過中國人的文化意識
與文學想像！無論所持價值尺度如何，文學都以空前豐富的語彙寫上
海，字行間充滿了驚歎！

　　　呵，此地在潰爛，

　　　名字叫著「上海」！

　　　　　　　　　　　　　　——殷夫《無題的》

　　　呵，吃人的上海市，

---

13 〔日〕竹內實《魯迅與上海》：「……日本當時的作家，有好幾位到上海來受到很新
　　鮮的啟發。最受啟發的是橫光利一，他寫了《上海》這本長篇小說，這個長篇小說
　　現在收在《岩波文庫》裏面，……橫光利一是『新感覺派』，這個文學流派才是非
　　常適合描寫上海的。」「一到上海，直接碰到西歐的尖端的文化，租界有一種自由
　　的氣氛，給日本的知識分子帶來許多新的啟發。這樣的事情另外還有，就是阿部知
　　二的《北京》也是這樣。」（上海魯迅紀念館編《紀念與研究》第9輯）

鐵的骨骼，白的齒，

……

——殷夫《夢中的龍華》

怒號般的汽笛開始發響，

廠門前湧出青色的群眾，

……

呵喲，偉大的交響，

力的音節和力的旋律，

踏踏的步聲和小販的叫喊，

汽笛的呼聲久久不息……

——殷夫《一九二九年的五月一日》

一位左翼青年詩人憎愛交織的「上海禮贊」。

茅盾以其包裹著激情的冷靜，師陀用了辛辣的嘲諷，寫上海的交易所文化；當時也許惟上海才有如此發達的交易所文化，內地眼光中的怪物、巨獸，陌生文化中的最陌生者。茅盾寫這裏的肉搏式的緊張，師陀則寫金融投機行為的醜陋，寫出一片瘋狂氣氛。我不知道茅盾之外還有哪位新文學作者研究過交易所。茅盾與師陀同時感受到了交易所特有的文化氛圍，並毫不猶豫地以之作為商業大亨金融巨頭的上海的象徵。

呵，瘋狂的上海！這裏是上海外灘：「……你瞧那些人罷，各種各樣的車子，四面八方，打每條馬路不斷湧出來，滾滾象無數條奔流。真是洋洋大觀，驚心動魄的場面！人和車攪在一道，把路填塞，

只聽見人的吆喝聲，三輪車的鈴聲汽車的喇叭聲哄?然鬧成一片，⋯⋯」

「連走路都象上戰場。在這裏你看不見中國人提倡了數千年的品德，只覺得所謂仁義禮讓，根本就不曾在我們國土上存在過。任何人都表示，不能再清楚了：他們沒有情感。假使這時有個孩子給車軋死，他們將照常從屍體上踏過去，車照常開過去，誰也不會回頭多看一眼；如果有誰膽敢阻止他們，他們便會將那人殺死。⋯⋯」（師陀：《結婚》）冷酷，機械，硬綁綁地繃緊著每一根神經。以競爭無情地剝奪著「鄉土中國」及其文化，摧毀著傳統社會的道德理想、價值體系。這裏的信條是：心要狠，膽子要大！[14]

呵，投機家的上海！

下面則是穆時英們的上海：「星期六晚上的世界是在爵士的軸子上迴旋著的『卡通』的地球，那麼輕快，那麼瘋狂地；沒有了地心吸力，一切都建築在空中」（《夜總會裏的五個人》）。霓虹燈和各式各樣或詭秘或放蕩的燈光，是這世界的象徵。舞廳裏女人的眼睛，「從鏡子邊上，從舞伴的肩上，從酒杯上，靈活地瞧著人，想把每個男子的靈魂全偷了去似的」（《Craven「A」》）。這裏連意象都是性感的，噴發著熱烘烘的肉的氣息。「上了白漆的街樹的腿，電杆木的腿，一切靜

---

14 在《結婚》中，作者的興趣與其說在寫主人公的人性變異，不如說在寫上海以股票市場為軸心的投機活動與投機心理。這裏是戰時上海最活躍的地方之一，「戰爭時期頂能弔人胃口的地方」。戰爭環境中生死榮枯的瞬間變幻，無疑刺激了一切賭博性質的事業。這倒是對於中國人頑強的命定、宿命思想的嘲弄。師陀是寫這個世界的理想人選。「蘆焚」還是一種知識分子腔調，而且不能在「腔調」上與別人更分明地區別開來，而「師陀」閱世已久，更有歷練，筆下老辣得遠了。上海與寫上海的，這才真有了點兒默契。

物的腿……revue 似地，把擦滿了粉的大腿交叉地伸出來的姑娘
們……白漆的腿的行列。沿著那條靜悄的大路，從住宅的窗裏，都會
的眼珠子似的，透過了窗紗，偷溜了出來淡紅的，紫的，綠的，處處
的燈光」(《上海的狐步舞》)。

呵，被情慾燒得燭油般流淌的上海！

此外，還有機床邊肌肉緊張得綻裂的上海（在左翼文學裏），棚
戶區絕望的上海（沈從文曾以一組小說寫閘北貧民區），無數公務
員、小職員在其中騰挪輾轉掙扎的上海（新文學的傳統題材），弄堂
樓層麻將牌聲中百無聊賴的上海（這個上海常常嵌在其它上海之
中），以至於黑社會人物出沒其間的上海（穆時英當初就是以寫這個
社會而在文壇發跡的）……雲集上海的一大群作家竟把個上海搜索鋪
陳到無隱不顯。或許只有道地的上流、高等知識者的上海，和蟄居上
海的寓公、半新不舊的中產階級一時乏人問津；到40年代即被徐、張
愛玲輩補了缺，寫得別有光彩。[15]

文學的上海就是這樣支離破碎，無從整合。不同作家筆下的北京
是同一個，連空氣也是一整塊的，不同作家筆下的上海卻儼若不同世
界以至不同世紀。即使在同一位作者那裏，上海也會破碎、割裂。北
京是一個巨大的古董，早就鑄成了一體的，上海卻是大拼盤，不同質
料的合成（而且非化合而成）物，自身即呈「時空交錯」。

中國近現代史上，呈現出如此令人眼花繚亂的歷史參差文化交
錯，與生活方式的奇特組合的，惟此上海。比較之下，擾亂了北京胡

---

15 上海形象甚至不止在寫上海的作品裏。一個時期文學中的江南古舊城鎮（如施蟄存
　的作品）以至鄉村，其上往往籠罩著上海的巨大陰影。這種描寫憑藉了上海提供的
　文化眼光和審視位置。上海在文學思維中的存在比之我所能描述的廣泛得多。

同居民的安寧的文化改組，顯得太平緩溫和了，以至那驚慌像是庸人自擾。如果這兩座城是兩部內容互補的近現代史，那麼上海這一本裏，有更多的關於未來的兇險預言，而北京那一本卻儲積著有關過去的溫馨記憶。

　　上海形象以其破碎，以其自身諸面的大反差強對比，傲視北京形象的渾圓整一；同時以其姿態的戲劇性、舞臺意識（由左翼文學，到新感覺派，到張愛玲、徐），逼視北京形象平庸瑣細的日常性質：文化內容的極態之外，是審美的極態。上海可以由文學中炫耀的，是其形象內容的豐富性、濃烈性，其城市文學風格的多樣性。這當時「中國第一大都市，『東方的巴黎』」（茅盾：《都市文學》）是近現代史上天造地設的大舞臺，以至文學對生活的感受也一併舞臺化、戲劇化了。它的平庸，它的與北京胡同同其瑣屑的弄堂文化，中產階級與下層市民的日常生活，自然難以據有在這「光怪陸離」中的適當位置。人們陶醉於演出的戲劇，把一些參與構成演出條件的普通道具，構造舞臺的更平凡的物質材料給忽略了。[16]

　　新文學史上寫北京的小說則相反，往往沉湎於古城悠然的日常節奏，冷落了現代史上以北京為舞臺、憑藉這舞臺而演出的大戲劇。「五四」時期文學對於「五四」愛國運動的勾畫吝嗇而又粗糙，此後寫大事件的，也只有《新生代》（齊同）寫「一二・九」，《前夕》（靳以）寫華北危機中的北京等寥寥幾部值得提到。較之剛剛談過的寫上

---

16 當然這也因為北京有一個歷史久長富含文化的市民層。一個相似處又是明顯的，兩
　處舞臺上演出的戲劇中，市民都決不是主角，甚至不是清晰可辨的背景。新文化運
　動、學生運動憑藉了北京作為「文化城」知識分子集中的條件；上海近現代的城市
　革命運動，也幾乎沒有真正觸動弄堂深處的市民生活。

海諸作者，老舍及當代京味小說作者寫北京，太留連於封閉中更其封閉、內向中更其內向的胡同。文學的上海過於浮躁騷動，北京則又過於平和靜謐。

　　動盪感統一了上海形象諸面，無論是革命旋風中的動盪，還是酒色徵逐中的動盪僅由上引片斷你也不難感受到。因而即使風格各異，選材中眼光趣味互有不同，寫上海的一大批作品仍有其美感統一。沈從文批評城市生命感的貧乏，城市人生命力的衰竭（「微溫而有禮貌的一群」！），同期的城市文學卻以其強有力的動盪，顯示出為另一些作者所體驗的城市生命一時創作界文化判斷與審美感受的互異。如茅盾筆下的章秋柳（《蝕‧追求》）等，即使都市病，也無傷其生機：「現在主義」，享樂主義，行動性，挑戰，強盛的生活欲，蔑視流俗的氣概。這不是遊蕩於西歐城市的吉普賽人，其縱恣奔放不是由山林荒原而是由都會造成的。在那時只有上海，能如茅盾一樣欣賞、至少是容忍章秋柳性格。為都會空氣所煽惑，左翼作家的作品也不免有感官興奮以至肉的氣息。體現著生命歡樂的，是被都市的享樂氣氛同時被都會革命情緒鼓蕩著的青年。「五四」之後又一度青春生命的展現，恰是憑藉了都市這特定舞臺的。[17]

　　30 年代初左翼文學及新感覺派文學中的騷動，無論出於知識者的革命渴望，還是出於情慾與道德感的衝突（左翼文學也湧動著破壞舊有道德堤防的反叛熱情），都因依於上海空氣。文學引入了大都會

---

17 左翼文學本是青春的文學，較「五四」文學更富於青春氣息。或者可以說「五四」文學表現青春期的煩悶，這裏則更有青春期的亢奮。蓬蓬勃勃，充滿著對生活的新鮮感受，儘管技術上不免於幼稚。「幼稚」在這裏，也造成著青春面貌。到40年代，青年題材的文學使青春復歸，卻已是更為老成持重的青年。

不安的呼吸，同時又把這不安擴散開去，強化著都會的動盪，以至令
人難於將文學的城市製作和歷史生活的真實氛圍區分開來。

　　直到五六十年代，白先勇還在他的「臺北人」系列中，寫入了被
人物橫移到了臺北舞廳中的「上海文化」。在老朋友看來，「好像尹雪
豔便是上海百樂門時代永恆的象徵，京滬繁華的佐證一般」。「尹雪豔
公館一向維持它的氣派。尹雪豔從來不肯把它降低於上海霞飛路的排
場」（《永遠的尹雪豔》）。出身上海百樂門的舞女也有她們歷史的驕
傲，「百樂門裏那間廁所只怕比夜巴黎的舞池還寬敞些呢」（《金大班
的最後一夜》）！演出在臺北大大縮小了的舞臺上的上海文化，有可
能更純粹些，因為經了精心著意的篩選淘汰，是濃縮精製過的。這文
化的適於臺北也因它仍不失為中國式的享樂文化，奢華、靡費又不乏
親切隨和（如尹雪豔的吳儂軟語似的叫人「舒服」），且有一種與其臺
北環境適稱的衰颯情調，溫情而又落寞，消耗著復又慰藉著背井離鄉
人的生命。

　　上海、北京的兩極對比，出於歷史創造也出於文學的製作，其文
化含義的複雜決非籠統的「新」、「舊」，現代與傳統所能概括僅由文
學中也可以看出。因了這緣故，這兩極才更有概括中國近現代歷史文
化面貌的意義。只是以此反觀文學，無論對上述寫上海的作品還是京
味小說，你又會不滿足了。你只能寄希望於活躍的當下文壇。

　　當代上海一方面尋找文學一度失去了的氣魄，一方面注目曾被忽
略了的日常生活的平凡、庸常性。上海一向利於鴻篇巨製，北京則同
時也宜於小品風格。近幾十年金融、商業的萎縮，使上海生活中原有
的弄堂文化凸顯；王安憶的作品在這種意義上是對上海的有相當深度
的文化透視。她以其平易樸素的人文感情，對於普通人、小人物的體

貼，寫弄堂生態，寫出了商業都會普通居民人生的顏色。[18]這裏是非
「戲劇性」、「舞臺化」的更有人間氣息常人品性的上海。

　　「兩極」正不復存在。經濟改革最終拆毀著兩極格局，削弱著同
時又有可能強化著上海的地位，卻不會是在原來的意義上。京滬兩地
所擁有的文化力量仍將繼續擴張。在這過程中，北京與上海形象都將
被重塑。作為兩個大城，它們仍是意義豐富的文本，只是語碼及讀解
的方式不同罷了。

四　形式試驗：城市文學創作的熱點

　　新時期的城市文學最先引起興奮的，仍然是其形式、技巧，猶如
象徵派詩、新感覺派小說在二三十年代的中國出現時那樣。

　　文學發展的要求一再使技法的重要性突出出來。新的文化態勢使
人們意識到，對象因技法才成為對象，技法使得傳達新的文化意識、
文化感受成為可能。自 20 年代末，新小說憑藉當時所有的藝術手
段，尋找對於城市形象的新的感性整合方式。文學曾為此有意識地引
入了電影手法電影的鏡頭運動，畫面剪切，對視聽效果的強調，藉以
打破舊有的格局，表現新奇的時空感受。現代派文學的譯介畢竟是太
繁難的工程，電影則是易於接觸的現代城市藝術。老舍曾有雜文《看
電影》，寫市民看電影的喜劇性場面。魯迅的嗜看電影更是人們熟知

---

18 程乃珊對於商業世家及其子弟遭際的描寫，遠承三四十年代類似題材的創作（中間
　還有周而復的《上海的早晨》），揭開了於當今讀者已相當陌生的上海昔日繁華的一
　角，更寫出工商業文化經由人（主要是商業鉅子的後代）的變化近幾十年間的奇特
　命運。程乃珊所寫世界雖與王安憶小說大異，卻也以其描寫態度的貼近、平易，補
　了新文學以來有關題材創作在風格上的貧乏。

的事實。由早期左翼文學（如丁玲的《水》，張天翼的《最後列車》、《麵包線》、《二十一個》等）到《科爾沁旗草原》（端木蕻良），你都能發現電影對於小說的藝術滲透。這也是那時的「時式」。電影作為典型的都市藝術，充分體現著為當時中國人所理解的現代物質文化，所謂「聲光化電」。即使有鄉土中國的保守性，現代科技（這裏是電影技術手段）仍然影響了人們感知世界的方式，並改造著他們的審美趣味。與電影手法一道大舉侵入文學創作的，還有新聞文體和新聞手段。紀實手法、速寫體在一段時間的流行，也有助於打破舊有的結構形態，傳達城市的騷動。這一方面，也以早期左翼文學最惹人注目（那種速寫體小說直可稱作「左翼體」）。新聞文體即使不能硬說是一種「城市文體」，新聞業的發達也是近代城市發展的直接結果，其形式與功能都有十足的城市性。電影手法與新聞文體，是現成的形式材料，兩者間又以電影技巧更有結構更新的啟示意義。比如電影對多維時空的把握與呈現方式。對電影手法的文字模仿，使新文學關於自身功能有意想不到的發現。現代技巧使文學重新發現了時間，發現了傳達人的時間感受、時間經驗的方式。這必然導致革命性地改造小說的整個藝術結構。

　　最革命最講求內容的左翼文學，也曾經是極富於形式感，以形式試驗中的激進姿態影響一時文學風尚的文學。[19]對此，文學史卻一向吝於描述。文學史所熱心的，是左翼文學中革命化的鄉村，卻忽略或有意繞開了由上述形式試驗而鮮明呈現的城市意象。這種城市意象是

---

19 你由同時期施蟄存（如他的《追》）、師陀等作家那裏，可以找到左翼文學擴張其影響的例子。文學運動有自己的邏輯，一個世界一旦打開，一種技法一旦被發現，就隨之被「共有」了。擴展了的視界、豐富了的方法必然是屬於整個文學的。

經由特定句法構成的。蒙太奇，語詞、句、段的非常規組織、排列，是革命動盪也是都會騷動的藝術結構化，令人分明感到內在於形式的都市生活、都會情緒。城市參與組織著城市形象。與北京對於老舍小說、當代京味小說創作的滲透相映照的，是上海對於左翼文學、30年代文學的滲透。

我已料到了上面的說法會使一些研究者不屑地一笑，因為作為城市藝術、城市藝術手段，由上述作品所能看到的，幼稚到近乎原始。我希望不要忘了中國，不要忘了中國現代城市文學自己的起點。暫時地冷落一下歐美範型還是必要的。我們所說的城市意識、城市人，只能由中國的城市中生長。認識到這一點，就不難承認二三十年代茅盾提供的都市女性形象，是極大膽的城市想像與城市思考的產物。如果把左翼文學一時寫城市的作品搜集起來，細心地不漏掉其中片斷破碎的「感覺」、「情緒」、「意象」，那麼回頭看當時有些人對新感覺派的估價，就會感到言過其實。[20]

一時上海城市文學創作的明顯特點之一是情緒化。左翼文學以速寫體，以電影句法，以詩化（自然常常是標語口號詩）負載情緒，所寫是情緒化了的城市。新感覺派的作品亦情緒化，只不過情緒柔靡、軟性而已。[21]兩類不同思想傾向的創作所「同」的還有情緒化的文學實現，即情緒的語言形式化。它們或以跳宕、頓挫強化力度，渲染都

20 參看嚴家炎《新感覺派小說選・前言》，人民文學出版社1985年出版。
21 上海形象也並非一味情緒化。即使在情緒化的時尚中，也有極冷靜的寫實，如茅盾作品。40年代徐寫《風蕭蕭》就絕無穆時英筆下的瘋狂和熏人的酒氣。40年代初張愛玲寫上海與香港，絕無「煽情」之嫌，以嘲諷，以描寫的透骨與文字的潑辣強勁，顯示其俯臨人物世界的智慧與文化優越。

會的內在緊張（左翼文學）；或以省略造成暗示性，閃爍、飄忽不定，卻也另有一種緊張。

以結構—語言形式對城市的捕捉，一時極其招搖的仍然是新感覺派。傳達躁動不寧的城市感覺，左翼文學固然憑藉了文體，也憑藉了取材上對「事件」的興趣和描寫中對動作性的強調。新感覺派依賴於更直接的形式手段。在這派作家，那程序，不像是基於世界感受而尋找相應的形式，如左翼文學那樣，倒像是形式在先，以輸入的形式搜尋、組織材料。穆時英那些最具都市風的作品，運用拼貼，鏡頭轉換、跳接，多鏡頭等極靈活多變的結構手段展覽城市消費文化。當著拼接的畫面並不包含稍有深度的情感概念的時候，結構替代了感覺，只餘下空洞的語言形式。前一時流行的無標點長句、字體漸次放大等諸種語言形式、印刷形式，都早在這裏被使用過了，而且決非穆時英等人的首創。有力的形、線確能醒神，比如「上海特別快」的「弧燈的光」，列車繞著行馳的「那條弧線」（《上海的狐步舞》）。以組合索取陌生效果，強調印象的瞬間性，形象的質感（甚至因過分的質感而流於猥褻），的確啟動了文學的感性。意象、場景間的非邏輯銜接產生出非所預想的邏輯，光色形線的拼貼與復合構造出城市感覺的格式塔。結構的功能於是乎凸顯，其作為「結構」被感覺到了。這在成熟的文學未見得必要，但在此時尚屬適時的提醒，關於結構的功用及結構探索的必要性的提醒。向形式過熟的文學提醒形式總是有益的。形式的過熟會導致形式的「消失」。形式要不斷被發現才足以成其為「生命形式」。可惜穆時英的才力與精神境界，多數情況下都不足以為其形式賦予生命，且越到後來越見出蒼白又應了沈從文對城市的批評。形式一旦被純「技術化」，勢必剝脫出其賴以成為「生命形式」

的生命整體。穆時英劉吶鷗們由上海文化結構的支離破碎中找到了風格倚託，又以其「玩兒形式」而與普遍文學風氣更與普遍人生脫節終難成大氣候。他們的命運不能不喧鬧而又寂寞。

新感覺派結構運用中有十足海派文人的聰明、機靈，那種結構樣式與語言組織卻並不就能加深生命體驗。它們在閃爍朦朧故作神秘之後，給你看到的，或許只是虛假的深刻。穆時英劉吶鷗們獵取了感覺的片斷、印象的光影，作品中有的是「氣味」，卻並不就有多少「文化」。形式本身是一種文化，形式卻不能替代其它文化發現。由《公墓》、《白金的女體塑像》兩集，到《聖處女的感情》，格調愈趨愈下，其原因在文化的貧血。由對夜總會文化的批評態度，到本身（包括文體）即屬於夜總會文化在沒有了思想，沒有了血、活力、生命的真實的地方，也就沒有了感覺。原本就有幾分空洞的，終於空洞到一無所有。因而同代作家的辛辣嘲諷並非即是黨同伐異。文壇至少在這裏，還不曾因強調傾向性而失去了判斷力與公正。

即使左翼文學的形式試驗，也注定了是難以熟透的果子。一時的文學思想也全然不理會上述試驗中的張力，不能更合於實際地觀察形式與內容、結構與意識的關係。直接的革命任務，極為沉重的文學使命，使年輕的左翼文學難有耐心等待變動著的形式由幼稚生硬走向圓熟。一些參與試驗者也完成了否定之否定而回到傳統。當著人們對新感覺派的怪異文體側目時，很少有人想到，僅就形式特徵看，有些新感覺派作品與早期左翼文學是極相像的。

依據文學史知識反顧新時期之初的形式試驗，你會發現，引起過驚詫的所謂「意識流」、「時空交錯」等等並不比之前人做得更大膽。然而也應當說，當代文學在藝術地呈現城市時，更追求結構性而非止

技巧性，即與城市文化的結構性對應。兩個時期都使人感到，城市文學像是比之鄉村文學更傾向於 20 世紀的歐美文學，更熱中於求新求異。橫向植入造成的不協調外來藝術結構與中國社會形態、文化結構，陌生美感與中國人的欣賞心理，輸入的形式中沉積著的文化與中國本土文化尚須經由選擇淘汰才能化解。在這期間，舶來的形式技法仍將一意孤行地製造其城市意象，或多或少無視中國城市的實際生活。形式因這傲慢使自己格外觸目，比之其它時候更吸引你去留意它本身。文學史進程中，「形式主義」有時正適應了文學進一步發展的需求。這一點上，新感覺派並不足為前車之鑒，像前兩年一些論者鄭重地提醒的那樣。

五　城市象徵與城市人

　　恍若偶遇舊人，你在當代城市文學中，又看到了那些熟悉的城市象徵，咖啡館、舞廳（或許美容院是未見之於新文學的？），等等。個別城市場景在這種使用中特化了，顯得過火、炫耀。

　　也像對於鄉村，尋找城市的詩人們，依著文學慣性尋找最有力的城市象徵。他們並不那麼容易得手。他們找到的意象系列，倒是標出了一道城市認識迴環往復的軌跡。從新文學的摩天大樓、霓虹燈、舞廳、酒吧，到新時期文學的舞廳、咖啡館，又是一度輪迴。劉心武的「立體交叉橋」是他當時所能找到的被認為大含深意的象徵。無論摩天大樓還是立交橋，都不可能如「大地」之於鄉村文學那樣，其美感形態穩定且意蘊深厚。城市儻若由種種現成符號構成，文學也易於構造意義裸露的「城市」。過分的標記化，恰恰證明著匆忙的尋找者心

態的非城市性。到得真的深入了城市，反而會感到難以「象徵」的吧。也有人以更加心理—情緒性的意象表達其城市感受，如張承志一再描寫的瘋狂的演唱會。

「……Rock 是瘋狂、是滾木礧石、是炸彈盔甲、是歌手守住自己的武器。唱這種歌的歌手一面唱一面等，他只有等來了那氣浪那熱度才能唱好。這就需要一個信號，一個命。我總是拼出命來，用它喚來那個信號，然後再憑這一股神助完成演唱。唱完了，那信號也消失了，它帶走了我的一分命」（《黃昏 Rock》）。會有許多人陌生於這都市的瘋狂，「那氣浪那熱度」，卻不妨礙張承志本人擁有這樣的都市。他也許不是在演唱會上而是在萬籟俱寂中感受到都市生命的蠢動的。他自個兒由岑寂中聚集了全副力量，緊張地諦聽著，「接著就是狂風大雨，接著就是奔馬馳驟，接著就是滾木礧石的 Rock 恣情掃蕩的時刻。」

不必一味嘲笑城市詩人意識超前，任人們憑自己的經驗、情緒去擁抱城市吧。我們的文學也如人，自我約束得太長久也太苦，何不容忍這片刻的鬆弛、放縱，任人們盡其所能地呈現其心理的、感覺的、情緒的城市呢！然而在放縱之後，他們仍然得回過頭來向城市本身尋索，而且想到，沒有寫得像回事兒的「城市人」，就永遠不會有他們各自的「城市」。他們的「城」應當係在「人」上，而不是繫在他們自己沒完沒了的情緒擴張上。文體有文體自身的規定性。城市小說固然不妨追逐捕捉色、形、線，但為著捉住城市靈魂，還得出一身臭汗，花一番笨功夫，尋找城市人、城市性格。主人公不見得出場，但主人公終究是主人公。

關於茅盾及其筆下的城市人，我已經提到了。新感覺派也不一味

地跳宕、變奏，玩弄感覺，穆時英們同樣在尋找他們的城市人比如男人眼裏狐魅肉感的女人，以及同樣是男人眼裏的被女人作為消遣品的男人，為情慾所糾纏卻又不大可能燒得白熾一片的老於世故、精於情場謀略的都市男女。張愛玲則寫她所熟識的中產社會的倫理（婚姻）形態。曾經滄海，她不為繁華喧囂的都市聲色所動，一意向人性深處發掘「上海人」或「香港人」。又因不避俗，對中產階級的市民氣有入骨的觀察，人物世界寫得熾熱而又荒涼。我想，不必非大部頭，多有一些如《傾城之戀》、《沉香屑‧第一爐香》這樣的作品，「城市」自會獲得其所渴望的文化深度的。城即人。只有在文學發現了「人」的地方，才會有「城」的飽滿充盈。

倘若你肯更將眼光投向港臺文學，哪怕只是匆匆一瞥，也該會看到施叔青的「香港人的故事」與白先勇的「臺北人」系列的吧。「華洋雜處」，是張愛玲與施叔青筆下香港的基本現實，人物的人生波瀾往往由此生發。施叔青借諸香港人的婚姻倫理，把這種文化的雜交性質描寫到淋漓盡致。發生在西化的愫細和她的「中國味十足」的情人間的文化狩獵（《愫細怨》），也令人想到《傾城之戀》（張愛玲）中的白流蘇與范柳原，只是人物基調對換了，結局也不同。這裏不再有白、範間的彼此趨就；兩種犯沖的色調塗上一塊畫布，只令人看得刺目極了的不和諧也是一種香港風情。[22]

---

22 本土文化與西洋文化這香港文化中的兩大成分，在施叔青的小說中沒有妥協更沒有融合，而是姘居式的並存。用了張愛玲的說法，「處處都是對照：各種不調和的地方背景，時代氣氛，全是硬生生地給摻糅在一起」（《沉香屑‧第一爐香》）。施叔青小說《困》中的人物說：「結了婚，就好比跟另外一種不同的文化在一起似的，……」話說得聰明。《愫細怨》中的一對男女間，情感選擇十足是一種文化選擇，生活方式、倫理意識到價值系統以至具體的兩性關係處置等等無所不包的選

　　兩性關係，婚姻關係，而且由知識女性的處境、命運出發，是施叔青切入香港城市文化的有利且有力的角度。如果說 30 年代文學的都市女性形象中有「城市理想」，那麼施叔青筆下的知識女性（包括寫字樓中事業上成功的女性）是嚴峻的城市現實。她寫這些女人內在的強與弱，她們較之男性更深切的城市人生體驗，承受著的城市痛苦。女性處境從來被作為社會文明程度最靈敏的測試器，知識女性則更有可能以其個人痛苦包容歷史痛苦、時代痛苦如施叔青的懷細、方月們。

　　白先勇的「城市人」包括了他寫來最見精彩的舞女們。舞廳文化也許是最少地域性的城市文化，無論上海的百樂門，還是臺北的夜巴黎。舞廳因其營業性質，已不專屬於某一特定的社會層。它向金錢開放，從而有商品交易中的平等感。白先勇的文字在這等場合，才瀟灑潑辣得最到好處。舞廳文化本是都會享樂文化中最生動最有生氣的一部分，介在俗雅之間；社交界明星、舞女通常又是具體溝通雅俗，溝通沙龍文化與舞廳、夜總會文化的人物。她們以其姿色傾動舞客，又為舞客所輕蔑與玩弄；她們點綴著都會的繁華，同時促成著都會的腐敗地位、功能都是雙重的。她們連同自己的卑賤身份一起，把講求實際的市井氣，赤裸裸的生意眼光、商業習氣，久歷風塵後冷酷的「現實主義」帶進舞廳，造成特殊的舞廳氛圍，及與交易對手間的微妙關係：「服務」中無情的劫奪，軟語媚笑裏積蓄著的輕蔑以至仇恨。寫

擇，其嚴重性在個人不啻一個國家的引進文化。即使在香港，女性的地位也仍然是軟弱的。「香港」是人物背後的人物。作者所要詮釋的，首先是這個位居中心的人物。詮釋中她的確顯示出如施淑所說的女性的專斷。她把呈現和解釋的權力都捏在手裏，毫不放鬆地審視與判斷，使文字間飽脹著她本人的道德感情與性格力量。

這類人物，白先勇的文字亦在俗雅之間，其生動性與表現力恰與對象相稱，真正由這種文化空氣浸泡過來的，不拘用什麼字面，所寫無不是這生活的氣味，無須乎拼命渲染、誇張。更可稱道的，是他以遠較穆時英輩為深切的人生洞察，寫出了「貨腰」生涯的荒涼，這種生活對於人的嚴酷意味。其所達到的心理深度是新文學至今類似題材的作品中僅見的。

在寫出了「香港人」的地方才有「香港」。張愛玲關於上海人，說到過他們那「也許是不甚健康」的「奇異的智慧」。[23]她的《傾城之戀》等，即寫這智慧。張愛玲寫上海與施叔青寫香港，都著力於其特有的智慧形態，如商業心理的冷靜與精明，港埠特具的眼界與見識，不同於鄉土社會中人的清醒明晰的價值估量和反覆的功利權衡中的人生選擇。

她們認為值得花大氣力寫的，不是裝飾得最耀目的廣告人物，而是最得城市文化精神，最宜於承擔城市痛苦，最有可能體現城市文化深度的人，「上海人」與「香港人」。城市即隱現其中，即使只是一角，小小的一角，也決不會是無足輕重的一角。由內地出版的有數的香港文學作品中，易於看到的，是香港人的「搶世界」（或作「搶食世界」、「撈世界」）記得有一句精彩的形容，叫「撈得風生水起」；難以看到的，是人性深度，是商業氛圍競爭生態中生命搏動的力感，形神兼備血肉充盈的「人」。施叔青的「香港人」與白先勇的「臺北人」，是作者的力量所在。有志於寫上海或南京等等的，致力處也應首在「上海人」或「南京人」。僅僅空泛皮毛的「文化」，對於實現那

---

23 張愛玲：《流言・到底是上海人》，《流言》，中國科學公司1944年12月初版。

些個大意圖全無用處。

新時期自所謂「反思文學」，出現過種種明星式的城市人物，以耀眼外表不凡氣度違俗舉動擺出十足的挑戰姿態，戲劇性地標明其文化歸屬。這是一時人們所能想像的「現代人」，其裝備與氣質又不能不是城市的，形象中有作者們對城市未來的設計。既然性格不得不存在於還沒有真正城市化的城市裏，不免與其整個環境不協調，像是晦黯畫布上的明亮色塊。風格也參與了人物的掙扎。比如因所持價值——道德尺度的違俗不得不強化思辨性論說性，一邊與社會，一邊同自己辯難駁詰。被刻意尋求著的陌生性格通常被置於普遍的倫理意識容忍的極限，像是一種危險的遊戲，令人看得提心弔膽。倒是劉索拉所寫「城市人」更與其文化環境和諧；不試圖屬於廣義的「城市」或「現代」，明確亮出所屬具體圈層的紋章，呼嘯來去，恣情任性，旁若無人。[24]倫理挑戰是有對手的，通常也念念不忘其對手。這裏則幾無對手。天低吳楚，眼空無物。以「新」以「異」為招徠的，有時只是對於熟悉事物的改裝，真異乎尋常的，反而並無名目，也無以名之。畢竟是開放時代，無名、不可名狀的事物、性格的出現才更是常態。我有時會想到，被同時代的「批評」分析得頭頭是道的，在文學作品多半是其「粗」吧。真正的精粹怕也會是無以名之無從分析的。

兩個時期的城市文學都以知識分子（「改革者」也是具有現代意

---

24 王蒙作劉索拉小說集《你別無選擇》的《序》，其中說「……那種鬧騰勁兒，那種嘲笑別人也嘲笑自己的語言，那種意欲有所追尋但又對不准目標的惶惑，那種不惜一切的獻身精神與創造欲望，那種自我誇大狂與自卑自棄，儘管有時候是以『不像』的鬧劇形式出現的，卻也真實地再現了八十年代某些城市青年的心態風貌。」小說集由作家出版社1986年出版。

識的知識者）為「城市人」的基本型範，知識界的知識、文化構成畢
竟已大不同。如《無主題變奏》、《你別無選擇》之屬所傳達的文化體
驗，較之30年代新感覺派諸作更有西方現代哲學的背景。即使類似的
文化經驗只屬於狹小圈層，其中也有極重要的城市文化信息。

　不應低估所謂「改革文學」對於「城市現代化」的熱情。改革文
學中幾乎無篇無之的都市女性，多少令人想到二三十年代成批出現過
的新女性形象：形象確有相似之處。相似的還有，經由這類超常女性
與環境的衝突所進行的有關傳統與現代的倫理思考。思考大致在一個
方向上；又因歷史條件的不同，改革文學中的有關思考像是更艱難。
這裏也有歷史的諷刺。由沉醉於外觀的耀眼到探索內心，畢竟是一種
文化深入，正如由看板深入到了公寓樓層。較之同時期以「城市文
學」為標榜的作品，改革文學思考城市，較習於用肯定思維（當然也
不乏對於城市現實的文化批判），稍多一點理想主義，較少「城市煩
悶」的炫耀。這些作品尋找並力圖摹寫現代城市性格與城市人風範：
人物的特立獨行的勇氣（尤其道德勇氣）和瀟灑豪邁的氣度。越到後
來，越多地寫到文化對抗，寫到人物處境的艱窘，以此剖析城市、社
會。沒有人把改革文學與「文化小說」聯繫在一起，卻不應忽略這些
作品中極嚴肅的文化思考。凡深入於改革進程的，不可能沒有非但嚴
肅而且沉重的文化思考：從而有這批作品與十七年的工廠文學的不同
境界。[25]

---

25 更多地寫到經濟進程、企業改革的具體運作的改革文學，較之寫改革期中鄉村的作
　品，場景更宏偉，構思更有大城市大企業式的規模，也更理性化，有分析傾向以至
　「理論色彩」，強調超越情節空間的全域意識。同時較之鄉村小說，缺少人性的
　深，而人性總是文學所能把握的最有深度的文化；少情致韻味，美感較為粗糙，難
　得的，是賈平凹作為美學追求的那個「旨遠」；情節中文化信息的擁擠與文字本身

　　我不禁驚訝於我們的城市文學中「女性主題」的耀目和女性作家
對於城市文化的特殊敏感。除上文已說到的二三十年代文學，新時期
的改革文學以及港臺文學，都有一些作者經由女性的方面探尋城市文
化，尋找對於城市文化的價值評估，將發現女性與發現城市繫在一
起，以至使女性形象成為城市文化的某種文學標記。在女性形象創造
以至女性作家（如新文學史上的丁玲、張愛玲；當代作家張潔、劉索
拉、張辛欣；港臺的施叔青等）的創作中，確也彙集了較富於文化—
心理深度的「城市」。

　　關於城市文學發了如上的議論之後，再來討論有關城市文學的界
定，也許有點程序紊亂；我卻有意先以描述包含我的個人尺度。沒有
相應的材料，「名目」是無從討論的。以此看來，只能嫌上文的描述
太過粗疏，材料的搜集遠不全備這亦非這部旨在研究京味小說的書稿
所能、所宜承擔的任務。

　　而且這也不是追溯城市文學在中國的發生過程的適當場合。然而
既已涉筆此類問題，就不妨再說幾句。我想，我們先得將「城市文
學」與「現代城市文學」區分開來。「城市文學」是相對於「鄉村文
學」的概念，概念本不含有對城市性質的限定。現代城市文化（對
「現代」的理解須有相當的彈性），古城老城文化，與小城鎮文化即
使發達國家也有這麼一些不同的城市文化形態；不是層級，而是文化
類型，或者可以說是城市文化三型。自然，分類從來是小小的冒險，

文化含量的稀薄恰成對比，這裏又隱伏著十七年至今寫工廠的文學傳統。城市（即
使改革期中日見粗糙的城市）也應有其深邃的靈魂，文化的濃厚，情致的細膩悠遠
的。我們已說過文學等待著城市，這裏還應當說，城市也期待著文學滋生出相應的
美感能力。

不免因「需要」而肢解現實，剪裁歷史。在討論城市文學時，有必要關注的界限似乎應當是：一般地取材於城市生活經驗（以城市為經驗領域）與意在呈現城市文化形態；僅僅被當作空間範圍的城市，與被作為文化性格的城市；以城市為生存空間的人們，以及屬於城市、一定程度上為城市所規定的人們即「寫城市的文學」與「城市文學」的區分。由此看來，前現代文學有可能比之現當代有些取材於城市的文學更有城市文學特徵。此外，城市文學不止意味著特殊經驗，而且意味著這種經驗的組織，其藝術化的整個過程。城市經驗在文學，只能經由形式技巧而實現，城市文學也應包括這實現及其方式。這差不多僅僅是施之於「城市文學」的要求，而在使用「鄉村文學」的概念時幾乎可以不假思索，一切都不言自明。因上述種種，有關城市文學的描述必然帶有較多的不確定性，引出的課題亦更為複雜。不妨承認，在缺乏相應的理論準備和審美經驗的情況下，上文中描述的準確性不能不是可疑的。

在是否「城市」之外，當代人還關心是否「現代」：是否「現代城市文學」。「城市文學」既是近年來才廣泛使用的概念，其「城市」中勢必已含有了「現代城市」的語義內容。而「現代」的語義決不比「城市」更明確，尤其因歷史學（我們所說的「現代史」、「近代史」）與一般文化史的不同尺度。在諸如「現代」這樣的概念上發生歧義，也許是咱們這兒特有的現象，難免導致理論語言含義的易混淆，不統一。不消說，「現代史上的城市」非即「現代城市」，二者卻又不無關聯。因中國現代史的確是中國進向「現代」的歷史，即使再古舊的城市也難一仍舊觀。

現代因素的發生，甚至可以追溯到更早，城市的現代性質，卻須

有量與質兩方面的指標。不能以有關發生過程的敘述替代性質判斷。作為語義含混的補救，也許可用「現代史上的城市文學」與「現代城市文學」（或「現代的城市文學」與「現代意義上的城市文學」）來區分不同情況，以期擴大「城市文學」的包容，並藉以更細密地觀察城市文學的演進過程，及其所映現出的城市、城市文化經由累積進向「現代」的過程。

　　為了給京味小說「定位」，在城市文學與城市文學的比較之外，還應引入城市文學與鄉村文學的比較。這不是不同層次的比較，而是不同質地的比較。比如以老舍作品與同期寫鄉村的作品比較，所寫北京的城市性格因有鄉村形象的反照，也會更明晰地呈現出來。正是在位置的不確定，性質的非肯定中看京味小說，別有一種趣味。位置的非確定性的背後，是中國社會最基本的文化事實。京味小說、準京味小說發生著的美感變化，提供了「現代城市文學」發生、成熟的樣品。

瑣語

　　晴空一聲鴿哨使我的心寧靜，我不大敢細看後樓陽臺上雜物堆積中的簡陋鴿舍。我其實是因久已遠於胡同文化才更想寫這題目的。借了文學的材料去構築胡同形象，其中有些或近於說夢。作家因薄霧微煙而大做其夢，研究者也不妨偶而做夢，「夢見春的到來，夢見秋的到來」這是魯迅那篇著名的《秋夜》。我知道自己做的是最平庸最沒有出息的夢，其中沒有悲歌慷慨，血淚飛迸，一彎冷月下的鐵馬金戈；有的是浮蕩在遠樹間的炊煙，灶下的火光，碗盞敲擊中最平易庸常的人間情景。

　　我何嘗不知道這本小書會使讀過我的文章的讀者失望！他們由這裏找不到細膩的情緒獨特的感覺，卻嗅到了廚房和市場的氣味。我絕對無意於戲弄我的讀者。消磨在廚房與市場上的不也是人生？即如吃，不必再重複說了一千遍一萬遍的吃是生存需求或「民以食為天」。吃甚至會是一種精神治療。喬‧卡‧歐茨《奇境》寫主人公當生命現出巨大空虛時的饕餮，真寫得驚心動魄。全然不知其味的吃在這種時候竟像是一種拯救呢！汪曾祺評《棋王》，關於阿城寫吃的一番議論或能使小說作者首肯的吧。他欣賞小說人物吃的虔誠，讚賞作者對於通常被忽略的人的基本生存的鄭重態度。人生的莊嚴並非只能在殉道的場合的。

這書又並非說夢。

我在開封的胡同裏度過童年，當年的玩伴是一些醃臢的孩子。我還記得市井頑童的粗俗遊戲，並不感到有什麼可羞，倒是對那生活懷著永遠的感激。人生際遇是奇妙的。有誰能想到，童年經歷竟會在幾十年後助成了一種溝通呢。我承認自己對於胡同特有的人間氣味有持久的依戀。日落時分胡同口彌散升騰的金色光霧，街燈下忽長忽短的行人身影，鄰里街坊間的瑣語閒話，晚炊時滿街流淌的飯香在最深最無望的孤獨中，我所渴望過的，正是這和煦親切的人的世界。

在這個並非鄉土的大城裏，我已前後生活了十五年，仍然是個不折不扣的外鄉人。外鄉人的興致對於探究一種陌生的地域文化也許恰恰是有利的？對於北京，我有外鄉人時有的小小驚異與欣悅。這大城在我是常新的。我喜歡在僻靜乾淨（比我早年住過的胡同乾淨得遠了）的胡同裏閒走，窺看門洞裏的院落，並非為了對隱私的好奇，傾聽四周瑣細的人聲和由遠處流入的市聲，揣想一種生活情景，一種人際聚合。

畢竟不是遠在北美探究中國，北京的胡同文化就在你所呼吸的打胡同流過的空氣中。你零零碎碎地觸碰著那個胡同裏的北京，其形象也就在這零碎的感觸中漸就成熟。終於在有一天，你想起它來猶如想起一個住在近旁的熟人。

對於北京文化的興趣，也仍然是由專業勾起的。清末民初的歷史，北京特有的文化氛圍，是「五四」一代人活動的時空條件。這條件中的有些方面卻久被忽略了。我期待著由近代以來北京的文化變

遷，北京學界的自身傳統，去試著接近那一代人，說明為他們塑形的
更具體的人文條件。我想，為了這個，包括北京胡同在內的北京的每
一角隅都是值得細細搜索的。在上述可以堂皇言之的「緣起」之外，
純屬個人的衝動，是探尋陌生，甚至尋求阻難，尋求對於思維能力、
知識修養的挑戰。北京、北京文化是這樣的挑戰。對此，我在剛剛開
始進入本書課題時就已感覺到了。

　　探究人置身其中的環境是認知的頑強目標。如「我在哪裏」、「我
是誰」這樣的問題，幾乎不會有什麼回答是最後的，也因此才像斯芬
克斯之謎似的永遠誘人。

　　考慮到「我在哪裏」這一問題的深奧性質，我在本書中，把關於
人的研究興趣大大收縮了，收縮為如此具體的「人與城」。即使這
「人與城」又何嘗能窮盡！以個人之力試圖讀解如北京這樣巨大的文
本必定會顯得滑稽。我在本書中實際做到的，也許只是把本不能說清
楚也不宜坐實的關係坐實，以簡化、淺化，使認識任務看起來像是可
以對付的。人們也許從來就是經由類似的淺化、簡化，才使自己保有
了行動的願望的？

　　幸而我在寫作本書時並未打算完成什麼，只希望以此開始一個過
程。所有似是而非的描述，粗陋的見解，或許會因此而得到諒解。本
書的最後一部分顯然與全書不諧：由那樣具體的文化現象一下子跳入
對於城市文學的宏觀描述。這是又一個思考過程的起始。在尋索北京
文化時，我禁不住時時對著遠處城鄉之交的那遙遠的地平線出神，由
胡同的夢徑直走入更其悠長的關於鄉村與城市的夢……

郁達夫曾借小說描寫他「五四」以後尤其大革命以後的心境演化，說一度激動過他的「悲哀的往事」，漸已「昇華散淨，凝成了極純粹，極細緻的氣體了。表面上包裹在那裏的，只有一層渾圓光滑，像包裹在烏雞白鳳丸之類的丸藥外面的薄薄的蠟衣。這些往事，早已失去了發酵，沸騰，噴發，爆裂的熱力了；所以表面上流露著的只是沉靜，淡漠，和春冰在水面上似的絕對的無波」（《紙幣的跳躍》，1930 年 7 月）。人生或不必有重大曲折也會有這一番變遷的，只不過在我所屬的一代人，由於歷史原因，將轉折期推遲了。十幾、幾十年河道壅塞未通後一陣狂躁的湧流，然後才歸平緩。也許當湧流時即已模糊地意識到這將是「最後的」，才有那一種不無誇張的悲壯感，像是在將生命奮力一擲的吧。

我在這書稿中寫進了變化著的自己，漸趨平靜淡漠的心境，或多或少調整了的認識框架。其中有原本狹窄的文化、道德意識的擴展，也一定會有觀念、情緒的老年化。也許正有必要弛緩一下神經也調節一下文字，發現自己原本存在著的小品心態、散文氣質。我又疑心這不過是藉口，逃避思維的緊張更逃避生存緊張的藉口。儒表道里，我走的或又是中國知識分子世代走過的老路？

我常常遊移著，不知該怎樣談論中國的知識分子。讚美哀矜與輕蔑瞬間變換，正如對於自己，自信自憐又輕蔑那樣。中國脆弱的知識者，當人生之旅疲憊困頓時，本能地注視市井、田園。這似也應屬於「母胎化」的傾向。社會動亂，文化仍在民間，是一種你我都熟悉的相當古老的信念。我的選題和注入其間的思索，是否也基於這古老的信念？我不禁有點惶悚不安了。

激情迸發時任激情迸發，平靜淡漠中寫平靜淡漠的文字，大約也

只能如此的吧。生命有它自己的河道，選擇的餘地總是有限的誰說這不又是一篇預先準備了的「答客誚」呢。

　　我時有對於生活無所不在的支配力、改造力的憂懼，怕在將來的某一天，成為自得其樂，無不滿不平，持論公允穩健，「事理通達心氣平和」，無可無不可的藹然老者。我一向樂於親近這樣的老人，卻逃避著類似的自我形象。

　　沉醉在課題中，稍一脫出，總要緊張地審視自己。清醒是累人的，我仍然渴望清醒。即使平庸化是不可避免的，我也願正視這一過程。

　　論說中遊移不定，往復迴旋，通常是一種貌似深刻的平庸。這本書或是對於我自己的平庸的一次集中披露。我不想濫用「中國特性」作為對於平庸的平庸辯解以增益其平庸，我只能指望這基於平庸的北京文化描述引出極為不同的描述，從而使研究得以更深地進入北京文化。這也是平庸所能有的那一點效用吧。

　　我清晰地體驗著發生在自己這裏的衰老過程，覺察到生命由體內的流逝，甚至聽到了生命流逝中那些細碎的聲音。我還從來不曾寫得這樣匆忙過，像被催迫著。我也從來不曾寫得這樣孤獨，幾乎全然沒有友朋間的對話，只有一片緊張中的自語。我因而不能不懷疑自己思考的價值。我不便自欺地寬慰自己，說我所說的是我自個兒想到和說出來的。我只能寄希望於事後的批評與校正，相信仍會像過去那樣得到來自關心著我的前輩、同行和熱情的青年們的消息。

　　我等著。

《北京：城與人》新版後記

　　寫這本書，在我，多少出於偶然，是所謂「計劃外專案」。儘管我的寫作通常並無嚴格的設計，但大致的方向總還是有的，比如「知識分子研究」之類。《城與人》的選題不消說發端於關於老舍的碩士論文。但如若不是後來讀到了幾篇令我感興味的當代作品，不大會有機會再返回老舍。這也證明了我的研究、寫作對於對象的依賴程度我從來不是滿儲了「思想」，隨時準備傾瀉而出；我是必得為對象所觸發，才有話可說的。友人在關於《窗下》的評論中，說到「趙園的思想常常是在與歷史的舊跡碰撞的那一瞬間噴射而出的」，無論能否「噴射」，「碰撞」是絕對必須的。寫散文如是，做學術也如是。十餘年後回頭來讀《城與人》，那筆調竟令我暗自詫異。我由此也體驗著人的生命過程的不可逆。某種寫作狀態、筆墨運用，竟也不可重複，似乎是只能一次的經歷。在這種意義上，也應當對那對象，對與那對象的「遇合」懷了感激。這番遇合畢竟豐富了我的人生。

　　這本書雖用了如「北京文化」這樣的大題目，其實更是研究小說的書，因而並未花大氣力於文獻的搜集、梳理僅此就已足以使之遠離嚴格意義上的「學術」。《明清之際士大夫研究》出版後，有評介文字說那本書是我的「第一本稱得上是嚴格意義的」學術作品，我傾向於認可這說法，儘管也明白為此有必要追問什麼是「學術」。至於北京，此後雖購置了一些有關的書，至今仍關在書櫥裏。回頭來看，未

下足夠的文獻功夫即侈談如此大的題目，像是也勇氣可嘉，稍遲幾年就決不至於如此孟浪；即使做類似的題目，也決不會做成這樣子。由此也證明了人生過程之不可逆。事實是，在這本書之後，關於「北京文化」，始終難以「接著說」。寫過幾個片段，終於「片段」而已又證明了寫作此書在我之為偶然。

《城與人》出版後，曾有讀者寫了信來，問到何以未論及王朔。我回答說，這本書寫在 1988 年之前，當時王朔尚未成為引人注目的現象。原因當然不止於此。也如不能將對象由「知青文學」推展到「後知青文學」，論「京味」而到鄧友梅、汪曾祺等人止，也因了限度，經驗及能力的限度。如鄧友梅、汪曾祺的那一種「京味小說」，此後像是並未再度興盛以至蔚為大觀；我所論到的作者，有些已被讀書界遺忘。這本書中的「預言」、「期待」，很有些是落了空的。所幸「風格」所附麗的「文化」尚在，因而書中的某些「文化分析」，或許還有它的意義。

在我寫的幾本書中，此書的命運是略具一點戲劇性的。書稿1988 年完成後，曾經平原兄審讀。交到出版社後，因 1989 年而一度擱置，到 1991 年面世時，所論「風格現象」已像是明日黃花。不料在此後的地域文化熱中，竟又被人揀出，與其它幾種關於北京的書排在了一起，其中差不多一章的篇幅，還被收進了一本題作「南人與北人」的書裏。在《艱難的選擇》之後，這或是我的書裏最為人所知的一本。我也因而有了出席某種關於北京城市建設的會議的榮幸，儼然有了關於這城的發言資格卻是寫書的當時逆料未及的。

北京大學出版社擬重印此書，我自然是感激的。前兩年編《自選集》時就發現，我的幾種關於文學的研究中，《城與人》是較能經得

住時間的一本。當著動手來校訂時，卻仍忍不住做了一點局部的刪改，而未能如原來所設想的那樣一仍舊觀。這是要向讀者諸君說明的。而校訂時不得不花費了一些時間在版本的核實、補注上，也證明了當初寫作時的粗疏。自己重讀時最覺不適的，是「城與文學」一章中那種對「城市化」的樂觀。我也正由這種「不適」而觸摸歲月，察知自己身上時間的留痕。這畢竟是一本寫於 80 年代的書。但書中的膚淺之處卻又不便一股腦地歸因於「時代」。事實是，對象（「五四」新文學，京味小說）本身已包含了別一文化眼光與尺度，而書稿完成時已臨近80年代末，問題的複雜性正在漸次呈現出來。

到現在我也仍住在這城裏，多半會繼續住下去的吧，卻已漸失了寫作此書時對這城的敏感。用了這書中的思路，人由居住而沉思；到了僅僅居住，即可能已為居住地所消化。有時真的想到，在這城裏浸泡太久，或許確已失去了適應別的城別種生活的能力。這是否也是一種代價？

1999年11月

後記

　　前一時有人提到我出版於 1990 年代初的《北京：城與人》與《地之子》，認為後者似乎較前者厚重；但由媒介反應和讀者接受的情況看，前者受歡迎的程度遠在後者之上，不知何故。我回答說，兩本書的寫作，投入確有不同。寫《北京：城與人》，緣起只是幾篇1980年代初的「京味小說」。在我的學術作品中，這本書寫得最輕鬆，甚至沒有做必要的文獻準備。它的「受歡迎」，多少由於機緣——出版時恰逢「北京文化熱」。後來「北京」、「城市」熱度不減；而對於農村的關注度卻在下降。還說《城與人》之後，我至今保持了對「城市」的興趣，旅行中往往持「考察」態度，對近幾十年的「城市改造」懷了憂慮。收入本書所在「系列」中的《世事蒼茫》一輯，其中的《城市隨想》與紀遊諸作，就可以讀作「城市憂思錄」的吧。

　　在我的學術作品中，《城與人》是被認為好讀的一本。我曾經說起過，學術寫作中，我會不由自主地向研究對象趨近。這本書即偶用口語，沾染了一點「京味」。此書的讀者，不難由徵引文字，瞭解著者當年的閱讀狀況，以至 1980 年代的某種風氣，即如引西書、用西典，食洋不化；無論「古希臘」、「法國」、「拉丁民族」，還是「酒神」、「日神」，以至「歐洲中世紀」、日本的「物之哀」云云，無不一知半解。薄弱的知識基礎卻無妨於寫得興會淋漓，以至我自己回頭去讀，會覺得饒舌，尤其想到那時 1980 年代已到了盡頭。這以後寫作

愈趨斂抑，習於刪繁就簡，才對當年的書寫方式感到了陌生，對那一種工作狀態，有了淡淡的懷念：看來寫《城與人》時的我還不甚老。

北京師範大學版的《城與人》，選用了沈繼光先生的近二十幅攝影作品。結識沈先生，已是二十多年前的事了，作為媒介的，正是這本書。沈先生那時在拍攝京城的胡同，後來又拍攝「老對象」，拍攝鄉野，成績無不可觀。

「城市改造」早已將京城的胡同大片抹平。再過一些日子，本書所描述的現象，不知還能否搜尋到相應的「實物」作為見證？

趙園

2013年12月

當代名家叢書・趙園選集　A0502002

北京：城與人　下冊

作　　　者	趙　園
責任編輯	蔡雅如
發　行　人	林慶彰
總　經　理	梁錦興
總　編　輯	張晏瑞
編　輯　所	萬卷樓圖書股份有限公司
排　　　版	林曉敏
印　　　刷	百通科技股份有限公司
封面設計	菩薩蠻數位文化有限公司

出　　　版　昌明文化有限公司

桃園市龜山區中原街 32 號

電話 (02)23216565

發　　　行　萬卷樓圖書股份有限公司

臺北市羅斯福路二段 41 號 6 樓之 3

電話 (02)23216565

傳真 (02)23218698

電郵 SERVICE@WANJUAN.COM.TW

ISBN 978-986-496-047-7

2017 年 7 月初版

定價：新臺幣 220 元

如何購買本書：

1. 轉帳購書，請透過以下帳戶

　合作金庫銀行　古亭分行

　戶名：萬卷樓圖書股份有限公司

　帳號：0877717092596

2. 網路購書，請透過萬卷樓網站

　網址 WWW.WANJUAN.COM.TW

大量購書，請直接聯繫我們，將有專人為您

服務。客服：(02)23216565　分機 610

如有缺頁、破損或裝訂錯誤，請寄回更換

國家圖書館出版品預行編目資料

北京：城與人 / 趙園著. -- 初版. -- 桃園市：

昌明文化出版；臺北市：萬卷樓發行,

2017.07　冊；　　公分. -- (當代名家叢書. 趙

園選集；A0502002)

ISBN 978-986-496-047-7(下冊 ：平裝)

1.中國文學史 2.地方文學 3.北京市

802.908　　　　　　　　　　　　106011661

本著作物經廈門墨客知識產權代理有限公司代理，由北京師範大學出版社（集團）有

限公司授權萬卷樓圖書股份有限公司出版、發行中文繁體字版版權。